U0025603

羅雷
艾雷
提歐茲
「我早就做好死亡的覺悟了。」
賈迪爾
王太子
「歡迎來到我的夢～～！」
綴特拉
掌管夢的精靈

轉生後的我
成了英雄爸爸
和精靈媽媽
的女兒
8
作者／松浦
插畫／keepout
Kadokawa
Fantastic Novels

彩頁、內文插圖／keepout

艾倫
主角，元素精靈。外表是小孩，內心是大人（自認為！）。

奧莉珍
艾倫的母親，精靈女王。天真開朗，身材火辣的超絕美人。

羅威爾
艾倫的父親，前英雄。溺愛妻子奧莉珍和女兒艾倫。

雙女神
奧莉珍的姊姊，雙胞胎。分別是洞悉一切的女神沃爾，和斷罪女神華爾。

凡
風之精靈，敏特的兒子。和凱締結契約。

凱
見習騎士。受命擔任艾倫的護衛。

索沃爾・凡克萊福特
羅威爾的胞弟。公爵世家凡克萊福特家當家。騎士團團長。

拉菲莉亞・凡克萊福特
索沃爾的獨生女。見習騎士。

拉比西耶爾・拉爾・汀巴爾
汀巴爾國的國王。艾倫說他「腹黑」。過去曾慘敗在艾倫手下。

賈迪爾・拉爾・汀巴爾
汀巴爾王國的王太子。個性認真，態度溫和。

艾齊兒
艾米爾的生母。與艾米爾一起下落不明。

艾米爾
艾齊兒的女兒。前往海格納國交換留學，目前滯留在當地。但……

海格納・羅雷・杜蘭
海格納國的國王。視汀巴爾國為眼中釘。

海格納・羅雷・律爾（尤伊）
名義上已死的海格納國前王子。

提歐茲（提茲）
羅雷的眷屬精靈。平常以人類的樣貌，擔任尤伊的護衛。

克拉赫
從海格納國來到汀巴爾國留學的王子

人物介紹
character

一旦她開始耳鳴，不知為何，腦子裡總會掠過從前討厭的回憶。那些畫面就像走馬燈一樣鮮明，彷彿有另一個自己在告誡她：「不准忘記。」

當她年滿八歲，過去所有的認知全遭到否定。

當她聽說一直認作父親的索沃爾並非她的親生父親，就是一切的開端。

回想起來，母親艾齊兒打從一開始就說，索沃爾不是她的父親。艾齊兒說，她真正的父親是英雄羅威爾，但旁人嚴正否定。

她不知道誰說的才是對的。可是由於長期看著索沃爾將她們母女視為麻煩，不想把這個男人當成親生父親的念頭就這麼居上。

然而母親的主張卻遭到羅威爾本人否定了，這讓她覺得自己一直以來相信的事物有了一絲裂痕。

（我的父親到底是誰……？）

每當她思考這個問題，索沃爾刻薄的視線就會閃過腦海。

她們母女至今到底都對以索沃爾為首的凡克萊福特家的人們做了什麼？

（我……）

她覺得自己察覺了某些事。但不願真正醒悟的心情已然蓋過一切，她也就藏起開口詢問的勇氣。

和母親分開後，簡直就是地獄。

旁人都堅稱艾齊兒是「錯誤」，現在這樣才是對的——她被迫接受所謂的「正確」。對她而言，那些正確全是「錯誤」。

就連同樣身為王族的拉比西耶爾和賈迪爾也否定她。

（什麼才是對的呢……？）

明明大家都說雙女神會一視同仁，揭開謊言，裁斷罪責。照理說是正確的母親卻遭到了定罪。

（連雙女神都要否定母親嗎？）

身為祖父的前任國王一看到她們，就會拋出一句「骯髒」，並問：

『妳的父親到底是誰？』

（簡直侮辱人！我才不相信他是我的祖父。我不想相信……）

即使雙手掩耳，隔絕旁人的聲音，侮辱的言語依舊圍繞在耳際，然後鑽進耳裡。

因此唯一能理解她的人就剩下母親了。然而即使伸出求助的手，母親卻被幽閉在她碰不到的地方，甚至連見面都辦不到。

（……我知道了。我和母親可能被捲入王室陰謀中了！）

為了不再惹怒雙女神，一定是有人藉著切割她們母女，以便得利。只要這麼想，一切都說得通。

（沒錯，母親說得對。國王應該是身為英雄的父親。）

英雄為了保命，可能被精靈王洗腦了。聽說雙女神和精靈王是姊妹，所以她們一定是一夥的。

（我得拯救父親。）

然後定罪所有侮辱她們的人。

海格納王也說了，血緣關係必須用同宗同源的血來肅清。

比手掌還長的刀子太重了，她一隻手拿不動，所以她用雙手握住刀子，接著助跑，把刀子刺進侮辱自己的男人肚子裡。

男人發出一絲氣音，溫暖的氣息直襲臉頰。

（真噁心。）

她將怒氣化為力量，轉了轉緊握刀子的手，前任國王就這麼發出呻吟，然後雙膝跪地。

她拔出刀子，不停揮下手腕，猛刺倒臥在地上的男人的背。這是為了一解過去所有的怨恨。

（母親是對的，她是對的……因為她是我的母親啊！）

她本以為看著已經成了屍骸的男人，心情就會舒暢不少。然而本該一掃陰霾的心，卻變得更烏黑混濁了。

（……為什麼會是這種感覺呢？）

一點都不暢快。一定是耳鳴的關係，因為腦子裡一直有煩人的聲音迴盪。

救出母親後，直到剛才還叫個不停的耳鳴就消失了。這麼做果然是「對的」。

當她這麼想，另一個自己也同時表示肯定：「沒錯。」

協助自己救出母親的海格納人，說她們被詛咒了，所以總是保持距離。她對這樣的旁人充滿躁怒，於是跟著母親一起把氣出在那些人身上。

（這個詛咒明明是精靈王為了搶走父親才設下的圈套啊！）

每每揮鞭，周遭的人就會尖叫逃竄。這樣的行為持續一段時間後，當她回過神來，才發現四周只剩下她和母親兩個人。

內心明明因此痛快了許多，不知為何，母親手裡的鞭子卻接著對準她。

面對首次遭受的暴力，她愣在原地。下一秒，母親便以憎惡的眼神瞪著她大吼：

『早知道就不該生下妳！』

『母……母親……？』

『太可恨了！就因為我比那女人還早生下妳，被認定不忠在前而遭到定罪！要是沒有妳，被定罪的人就是索沃爾了！』

她不明白母親在說什麼。

她拼湊著母親吼出的話語，想盡力理解那些言語，但她的心拒絕理解。

往昔一直視而不見的事物，如今已從黑暗當中逐漸被吐出。

『連母親妳……都要否定我嗎？』

嘰————耳鳴聲響徹腦海。母親的聲音越來越遠。某種漆黑的東西在胸口盤旋，狂亂地尋找著出口。

那東西跟著感情湧出。她本以為從眼裡流出的東西是眼淚，眼前的母親卻看著她，尖聲大叫。

『噫！怪、怪物！』

在內心盤旋的黑暗自喉嚨湧出。

她想吐出盤據心頭的悲傷，想對著某處發洩，卻又對禁錮著自己的存在感到憤怒。

『沒錯……那幫傢伙死有餘辜……』

每當她用力撞擊牆壁，四周的空氣便跟著震動。

『那些否定我的傢伙……我是王族……』

『好難過……好痛……好難過……都忘了……把本大爺們都忘了……都否定了……』

『明明是那幫人幹的好事，卻否定了本大小姐……否定了本大爺們……』

『弄得好像是我們不好……還用詛咒否定我們……』

可恨，真可恨。

如果一切都被黑暗吞噬，消失殆盡就好了。

第六十一話　憤怒

艾齊兒凌虐艾米爾的光景，牢牢地烙印在艾倫等人眼裡。在那幅光景消退前，他們已火速離開現場。

儘管艾倫的手顫抖著，卻仍牢牢抓著凡，以防從牠的背上摔落。凱坐在艾倫背後，環抱著她的身體，避免她掉下去。透過凱僵硬的手臂，可以感覺到他也很緊張。

（……為什麼？）

鞭子打在皮膚上的聲音不絕於耳。

艾米爾為了艾齊兒，已經不惜拿自己當誘餌，想引出羅威爾了。她為什麼忍心那樣對待自己的孩子呢？

在眼前擴大的詛咒漩渦，看起來彷彿夾雜著艾米爾的絕望和吶喊。但那個漩渦只出現一瞬間，之後就突然消失了。

艾倫和凡因此猛然回望。

「詛咒漩渦消失了？」

「到底是怎麼了……？」

艾倫和凡雙雙陷入疑惑，凱也明顯困惑不已。凱看不見詛咒，只覺得是一陣強風吹在身上。

「凡，我很擔心爸爸他們，可以回去剛才的地方嗎？」

「唔唔……是在哪裡啊？」

由於剛才急忙遠離現場，現在放眼望去，只有一整面的山和森林。

他們在進入森林前就從上空看著羅威爾他們，悄悄跟在後頭，現在腳下卻只有森林。

而且不知道為什麼，剛才狂風呼嘯而過後，就完全感覺不到詛咒的氣息了。

「要回到詛咒那邊嗎？可是……這樣您豈不是有危險……」

凱不安地提問，聽得出來他是顧慮到艾倫和凡。即使如此，艾倫依舊很擔心羅威爾。

「凱，謝謝你擔心我。但我必須過去。不知道水鏡能不能找到爸爸的位置？」

「…………」

聽到艾倫的回覆後，凱沉默不語。隨後，他下定決心似的開口：

「我在剛才那裡看到旁邊有一條小河。先找到河川，再找開闊的地方，這樣應該比較快。」

「真的嗎！凱，謝謝你！」

「不……不會……」

「那我們就來找小河吧。」

「嗯！」

凡一邊馳騁於空中，一邊回轉，回到剛才逃離的場所。凱和艾倫左右觀望，尋找著小河。

剛才凡是不斷使用轉移以遠離詛咒，所以他們已經離得很遠了。

不久後，他們發現小河，於是減緩速度，開始尋找羅威爾等人。當他們好不容易找到羅威爾等人之際，也同時得知他們已經遇上艾米爾。

「爸爸！」

「艾倫小姐，請等等，情況好像很奇怪！」

他們似乎在說著什麼。然而距離太遠，完全聽不見。

「對了，用手鏡窺探的話，說不定可以聽到對話！」

當手鏡映照出底下的場景時，艾倫簡直懷疑起自己的耳朵。

『對了！我們把賈迪爾的首級獻給海格納王吧，父親！這麼一來，您就能成為海格納的英雄了！』

艾倫的腦中瞬間染上了憤怒的色彩。

「……唔！公主殿下，萬萬不可！」

艾倫覺得凡的聲音似乎掠過了耳際。她的心卻宛如被某種存在覆蓋，已化為單一色彩。

（她剛才 說了 什麼？）

艾米爾的笑聲不斷刺入腦海和胸口。

艾倫的身體就這麼浮起，離開凡的背。她那雙充滿世界光輝的瞳孔，如今已經縮小，只看著艾米爾一個人。

七彩光輝自艾倫身上迸出，就像雷射光一樣射入底下的森林。那股力量瞬間將周遭的東西全給吹飛。

「嗚哇啊啊啊！」

凱就在艾倫的正後方。直接被那股力量波及的他被颳飛到後方，朝森林墜落。

「唔……！」

凡急忙解除獸化，抓住往下掉的凱的手，將他拉上來。

凱不再往下墜，卻驚魂未定地愣在原地。

「公主殿下！請您住手！」

凡抱著凱拚命吶喊，卻無法傳入艾倫的耳中。

艾倫的腦袋早已因為怒氣而變得一片空白，卻倏地浮現賈迪爾的笑容。

那是一副不知道能不能和她說話，窺探著她的臉色，顯得坐立難安的模樣。

儘管為了不觸動詛咒而戰戰兢兢地保持距離，他的全身上下依舊主張著他想和艾倫說話。

艾倫相當介意，忍不住問了句：「怎麼了嗎？」他便開心地笑了。因為這抹笑容，艾倫好幾次愣住，甚至瞬間忘記他被詛咒的事實。

她規勸過他，和他說過話，一起解決事件，互相討論事業。

他真心誠意地致力於艾倫提議的治療院改革，甚至會帶頭前來聽取她的意見。

（獻上　賈迪　爾的　首級　？）

他在那個無人造訪的石碑前低頭祈禱，即使太陽下山，依舊沒有移動。艾倫知道在護衛出聲之前，他始終在那裡祈禱。

每當艾倫聽見賈迪爾打從心底懺悔的聲音，總是淚流不止。

其實從她第一次見到賈迪爾的瞬間，就一直、一直在意著這個人。但她假裝沒發現自己的這份心思，自始至終都告訴自己會錯意了。

精靈會傾聽靈魂的聲音，從而演變成牽絆，然後受牽絆指引，互相吸引，最後希望與對方在一起，因此締結契約。

在那個羅威爾和奧莉珍雙方初次見面的場所，艾倫也同樣傾聽著賈迪爾靈魂的聲音。

＊

艾倫轉移到羅威爾眼前，接著大喊：

「大家都在附近吧？快把爸爸帶走！」

她扯開嗓子大喊的同時，艾米爾的暗影也來到面前。艾倫使出渾身解數，將眼前的暗影連著艾米爾一起颳飛。

當現場傳出樹木因此被折斷的巨響，羅威爾的叫聲也自背後傳來。

「住手！放開我——！」

艾倫！羅威爾的悲痛吼聲，隨著其他大精靈的氣息一同消失。

（爸爸沒事。可是事情還沒結束。）

不同於著急的汗水滑落艾倫的喉嚨。她的心跳得飛快，精靈的本能告訴她「這裡很危險」。

艾倫的手不停顫抖。她深深吸了一口氣，等待眼前的塵土散去。

她首先看到艾米爾的腳，黑色的暗影則在腳的四周蠢動。被艾倫吹跑的部分暗影在地面蠕動，隨即緩緩回到艾米爾身上。

艾倫湧現一股宛如蠕蟲爬遍全身的噁心感受，站在她身後的人們也有同樣的感受。所有看到艾米爾的人，都不自覺地發出呻吟。

「怎麼會這樣……」

其中一個留在現場的護衛，發出絕望的聲音。

只見艾米爾低著頭，以含糊的聲音喃喃自語。那聽起來像是憎恨，也像是求救。艾倫聽得見艾米爾的意識與成了王室詛咒的同胞靈魂吶喊交疊在一起。

成功將羅威爾送回精靈界，艾倫鬆了口氣。如此一來，就解決了一個問題。

（再來就是她了。）

倘若被暗影吞噬，艾倫也不會平安無事。她繃緊神經，瞪著眼前的艾米爾。

「公主殿下！」

凡和凱急忙轉移現身。凱的臉色原本還很蒼白，但當他看見艾米爾，便繃緊了面容。

「艾倫小姐，您沒事吧！」

「凡、凱，小心一點！」

暗影再度襲來。艾倫迅速用石塊阻擋，將之一一打散。

凡遵照艾倫的命令，一一抓住倉皇的護衛們，將他們轉移離開現場。他後來終於發現還有其他大精靈在場，於是將護衛們轉移到森林入口處，再讓大精靈們將人送回汀巴爾。

凱也壓抑著想趕到艾倫身邊的衝動，咬著牙，依照艾倫的心願，使用精靈魔法保護那些人。

看到凱學會使用精靈魔法，艾倫內心相當驚訝。他一定日日都和凡一起鍛鍊吧。

當凡遣送護衛逃走時，有個人叫著艾倫的名字。當她聽見那道聲音，心都慌了。

「艾倫！」

賈迪爾大叫著，探出身子想往這裡來。艾倫見狀急忙大喊：

「不要過來！凡，快把他們送到安全的地方去！」

艾倫利用岩石包圍艾米爾，要他們趁現在快逃。但賈迪爾似乎尚未確切掌握情況。他謹慎地不靠近艾倫，大聲反問：「羅威爾閣下呢？」

「爸爸不可以來這裡！」

艾倫沒時間解釋，但注意力還是有一瞬間放在賈迪爾身上了。

艾米爾沒有放過這一瞬間，用力彈開身上的岩石。

「呀啊！」

「艾倫！」

碎石隨著爆炸聲飛來。艾倫在驚訝之下瑟縮身體，賈迪爾等人呼喚她的聲音從不遠處傳來。

『就會妨礙我……你們……就會……妨礙我……』

暗影隨著混濁而含糊的聲音移動。艾倫驚覺不妙，本想轉移離開，卻有一隻長長的手從暗影中伸出，阻礙她逃走。

「艾倫！」

賈迪爾奔跑趕至。他瞬間拔出腰間的劍，往下揮舞。

『呀啊啊！』

「賈迪爾……？」

賈迪爾救了自己。艾倫訝異地瞪大雙眼。

艾米爾因此怒不可遏，對著賈迪爾再度伸出新的手。而賈迪爾也不服輸，舉劍逐一斬斷那些手，接著大吼：

「艾米爾，快住手！妳就算做出這種事，最後依然得不到什麼啊！」

『賈……迪……爾……！』

再這樣下去，賈迪爾會有危險。就在艾倫想大叫「不行」的瞬間，事情發生了。

一道扭動的暗影自賈迪爾身上竄出。

「唔！」

靠得太近，圍繞在賈迪爾身上的詛咒發現艾倫的存在了。

艾米爾立刻察覺雙方緊張的情緒，不懷好意地笑著對艾倫一口氣伸出無數的手。

「快住手！」

賈迪爾背對艾米爾，用身體護住艾倫。

艾倫被抱在賈迪爾懷裡，目瞪口呆地看著眼前的光景。因為被暗影捉住，詛咒從賈迪爾身上湧出。

艾倫的腦袋一片空白，無法動彈。賈迪爾強忍著痛楚，向她開口：

「我們王室只會對你們任性妄為……真的很對不起……」

「賈迪爾……」

「然而有人說過，如果是我，或許可以改變。如果我們之間仍存著這樣的希望，我想……對妳……」

說時遲那時快，從賈迪爾身上湧出的黑色詛咒開始變淡，並閃耀著白光。艾倫睜大眼睛，不知道發生了什麼事。

「你們也是！你們永遠只會乞求救贖，把一切推給艾倫承擔！」

盛怒下的賈迪爾朝自己身上的詛咒吼道，接著鬆開抱著艾倫的手，再度對著艾米爾握緊劍柄，往前衝去。

縱使全身都被艾米爾發出的暗影包覆，賈迪爾依舊無畏地揮劍。

「賈迪爾！」

艾倫大吼的同時，賈迪爾的劍也刺入艾米爾的喉嚨。

艾米爾身上的暗影因此靜止不動。下一秒，包覆著賈迪爾的暗影一口氣消散了。

只見隱約發光的某樣存在包覆住賈迪爾，彷彿要守護他不被暗影侵害。

「咦……？」

艾倫無法判斷發生了什麼事。儘管她愣在原地，還是用力動腦想理解狀況。但一股不祥的預感襲來，讓她的身體動彈不得。

雖然艾米爾暫時停止了動作，現在卻開始瘋狂躁動，想拔出刺入喉嚨的劍。

每當她扭轉身體，暗影就會隨之湧出，逐漸將賈迪爾整個人包住。

「不要……不要……」

「快住手——！」

艾倫聲淚俱下地叫著。她用盡全力操縱周遭的粒子，讓粒子爆炸，好炸走艾米爾。艾米爾的注意力因此分散，暗影也一起從賈迪爾身上退開。

艾倫沒有放過這個空檔，她操縱艾米爾身邊的碳元素，將艾米爾圍起來，關在裡面。只要持續硬化，碳元素就會變成鑽石，艾米爾如今已經被關在鑽石牢籠中了。

為了不再重蹈覆轍，艾倫這次沒有留下空隙，仔細地做了好幾層，並且加壓。

最後在碳元素的兩邊合成氮和硼，變成一種被稱作「白色石墨」的含氮化硼纖鋅礦。

鉛鋅礦的硬度比鑽石高兩級。在艾倫的記憶當中，這是世上最硬的物質。

半空中就此形成關著艾米爾的白色球體。周遭頓時靜了下來。艾倫的心臟卻噗通噗通狂跳個不停，她覺得自己的心跳好吵。

只見賈迪爾倒在地上，一動也不動。

「賈迪爾……？」

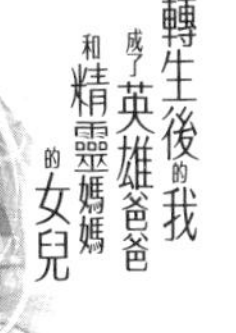

艾倫剛才被賈迪爾擁在懷中，有被人碰到的觸感。為了再次確認那副帶著暖意的身體，她輕輕觸摸倒在地上的賈迪爾肩膀。

之前精靈詛咒明明對艾倫反應那麼激烈，如今卻怎樣也感受不到。艾倫一面體會著能觸碰賈迪爾的微小喜悅，一面搖著他的肩膀。

「賈迪爾……！」

她以魔法將賈迪爾的身體稍微抬起，並改成仰躺的姿勢。但他的眼睛依舊緊閉。

「賈迪爾……」

艾倫拍了拍賈迪爾的臉頰，不斷呼喚他。她的淚水一滴滴落在賈迪爾臉上。

他不可能平安無事。詛咒的真面目和艾米爾的暗影都是相同的東西，同時也和賈迪爾的靈魂擁有相同的本質。

雙女神的話語頓時在艾倫的腦海裡迴響。

『再這樣下去，羅威爾很危險。』

明明是為了避免那樣的未來實現，他們才會來到這個地方。然而賈迪爾卻為了保護她……

「不要啊啊啊啊啊啊！」

艾倫的哭喊聲，撕裂了靜謐。

驚覺這聲悲鳴，凡和凱雙雙急遽轉頭看向她。

把所有護衛平安轉移走後，凡因為使用過多力量而直喘著氣，然而艾米爾和賈迪爾就在艾倫身邊，他還是急忙趕過去。凱也和他一樣，兩人就這麼開始奔跑。

「公主殿下！」

「艾倫小姐！」

凡和凱大聲呼喊，艾倫卻已經慌亂得聽不見了。

她喊著賈迪爾的名字，不斷晃動他的肩膀，哭著要他快起來。

「艾倫小姐，請您冷靜一點。」

「凱，怎麼辦……賈迪爾他……！」

艾倫淚眼婆娑地抓著凱，凱的心中因此湧現一絲嫉妒。但他還是立刻確認賈迪爾的呼吸。

「公主殿下……您……能碰受詛咒的人嗎？」

「我不知道……不知道。說不定賈迪爾被艾米爾的詛咒吞沒了……」

凡把亂了方寸的艾倫從賈迪爾身邊拉開，搓著她的背，希望不斷啜泣的她能冷靜下來。

凱冷靜地觸摸賈迪爾的脈搏，並逐一調查他有無受傷。凱除了在凡克萊福特家接受騎士訓練，也受過精靈魔法師的訓練，其中同樣包含緊急傷病處置。

照理來說，成為騎士者只會被灌輸戰鬥方面的技能，治療是治療師的工作。

但這是艾倫身先士卒所改良的其中一個制度。她明白作戰勝利的重要性，卻依舊在改革治療院時，說服大家存活下來才是最重要的事。

治療師不可能治療所有負傷的人，因此艾倫一邊減輕為數不多的治療師負擔，一邊摸索所有人都能活下來的方法。歷經魔物風暴的人們無不點頭，同意她的想法。

「艾倫小姐，請您冷靜下來。殿下沒事。他還活著。」

「可是……！」

艾倫潸然淚下，不斷說著賈迪爾不可能平安無事。儘管凱對她如此確信的話語感到困惑，但依舊努力安撫她，要她冷靜。

「可以用精靈之力治好他嗎？」

「你覺得會有精靈肯治療受詛咒之人嗎？」

凡看著賈迪爾，看似打從心底厭惡地回答。

森林回歸靜謐。艾米爾現在在見都沒見過，狀似金屬的球體中。

他們不能就這樣放著賈迪爾不管。一如他們剛才轉移護衛那樣，也要盡快轉移賈迪爾，讓他到城堡接受治療。

「艾倫小姐，把賈迪爾殿下送回王宮……」

沒等凱把話說完，凡銳利的視線突然射向某一點。他的戒心隨著怒氣毫無保留地釋出，四周的氣氛瞬間變調。

凱也因此拔劍應對。他集中精神，以便隨時施展魔法。

為了保護艾倫，他和凡一起往前站。

「是誰！快出來！」

伴隨凡這聲怒吼，周遭吹起一陣狂風。

他釋放出的鎌鼬瞬間將四周草木剷平。現場的林木被砍倒得極其不自然，看起來就像甜甜圈那樣的圓形，只有中央留下幾棵樹和樹叢。

凱一時之間看傻了眼。凡有時會施展如此細膩的法術。中央的樹叢中想必躲著人吧。

凱策動沒拿劍的另一隻手，伸向腰間，從鞘中拔出裡頭的小刀，接著在手中轉了一圈，瞬間射進樹叢裡。

現場隨即發出小刀被彈開的鏗鏘聲響。從手法來看應該是個能手，凱和凡因此提高警戒。

「真是沒想到啊……感覺就像全身上下都被看光了。」

樹叢裡傳出嘻嘻笑著的青年聲音，聽起來非常樂在其中，與當下的情境毫不搭調。

從樹叢中走出的人，是個不滿二十五歲，面帶笑容，卻不打算隱藏自己那雙銳利眼眸的黑髮青年。他的身旁帶著一名魁梧的男性。男性往前跨步，護著青年。

在不遠處還有幾個人，提高警覺觀望現場情況。

魁梧的男性以恭敬的口氣對青年說：

「請您退後。」

「說這什麼話？大精靈大人命令我們現身，遵從就是我們的使命。」

青年笑著看向凡，視線接著落到在凡身旁的艾倫。青年頓時顯露由衷的喜悅，直衝著艾倫笑。

見到有人突然出現，艾倫瞬間忘記哭泣，只是愣在原地。

她這才察覺自己嚴重失了方寸。儘管不斷告訴自己要冷靜，抓著賈迪爾衣服的手依舊不停顫抖。

（不行，我必須冷靜下來……）

雖然賈迪爾仍有呼吸，卻給人一種有所欠缺的感覺。艾倫深感過去吸引自己的某樣東西，已經不存在於此了。

一想到這裡，她的胸口便彷彿被人撕裂，感覺泫然欲泣。

（我是為了履行女神的使命，才會來到這裡的。）

艾倫緩緩地深呼吸，接著重新環視周遭。她握緊震顫的拳頭，以此鞭笞自己振作。

接著，她望向眼前的青年和男性，瞬間從現狀推測出青年的身分。

（得想想這個人為什麼會在這裡。）

見艾倫不發一語，青年將手放在胸前，致上他的敬意。

「感謝大精靈大人們在危急中救了我們。您能來到這裡，簡直就像在作夢。」

艾倫只是靜靜聽著，臉上不帶任何表情，始終看著青年。

青年看都不看站在眼前的凡和凱，只看著艾倫一個人。這代表他知道艾倫是比凡地位更崇高的人。

「話說回來，倒在那裡的人是受傷了嗎？讓我們來幫他治療吧。」

對方明明面帶微笑說出溫柔的話語，聽起來卻無比毒辣。

明知對方負傷，卻未曾顯露一絲擔憂之情，甚至從頭到尾都帶著異常的竊笑。艾倫面無表情地朝他開口：

「不需要。要是交給你才真的會出事。」

聽到艾倫直接了當這麼說，青年的嘴角勾起更為扭曲的弧線。

「呵呵呵，幸會，精靈公主。吾名海格納·羅雷·杜蘭。」

「是海格納的國王啊。」

海格納的國王杜蘭在艾倫面前優雅地行禮，看起來就像在舞會上向公主打招呼一樣。

此時，艾倫用念話告訴凡：

『凡，賈迪爾就拜託你跟凱了。』

她依舊面無表情地看著站在眼前的杜蘭，並為了不讓他察覺而以念話溝通。站在艾倫前方保護她的凡聽了，肩頭微微顫動。

艾倫有她必須做的事情。況且誠如她剛才所言，要是把賈迪爾交給杜蘭，肯定會被殺害。

凡糾結的情緒傳入艾倫心中。

『拜託你。不然我實在沒辦法保護他。』

『……遵命。』

艾倫可以和身為精靈的凡使用念話溝通，與身為人類的凱卻不行。她拜託凡轉告凱，接著就這麼站到他們面前。

「艾倫小姐！」

凱發出心慌的聲音，卻馬上被凡制止。艾倫知道凡正以念話將自己的意思轉告給凱，因為她的後頭傳出雙方意見不合的氣息。

他們已經送賈迪爾的護衛去避難了，所以那些人不在這裡。既然艾米爾那能封住精靈行動的詛咒就近在咫尺，無法保證凡也能隨心所欲地行動。

一旦情況緊急，可以保護賈迪爾的人便只有凱了。

艾倫還有身為女神的使命要履行，這段期間無法保護賈迪爾。保險起見，艾倫再度傳送念話，請求凡說服凱。

然而凱本來是為了保護艾倫才會在這裡的，如今艾倫卻這麼拜託他。猶豫讓他產生了些微迷惘。

這時，凡似乎用念話大吼，讓凱嚇得瑟縮肩膀。儘管過程短暫，聽到一切原委的他總算下了苦澀的決斷。

『他說他知道了。』

『謝謝你們。』

艾倫這才總算放下心中大石。從她的角度看不見，但其實凱的神情有那麼一點難過。

凱只看得見艾倫的背影。他知道那抹又小又纖細的背影，背負著人類無法想像的巨大使命。

——我們時間流逝的速度不一樣。我是精靈喔。

凱想起艾倫之前說過的話。他以護衛的身分和艾倫相處，從中感受到安逸和幸福。自從艾倫跟著羅威爾回歸，造訪凡克萊福特家後，她的笑容便引領眾人走向幸福。凱絕不希望那抹笑容染上悲傷的色彩。

賈迪爾倒地時，艾倫所發出的哭喊聲，依舊在他的腦裡揮散不去。

凱咬緊牙關，握緊拳頭。他被迫看見艾倫心向何人。為什麼不是自己呢？為什麼那顆溫柔的心，要向著虐殺精靈又被詛咒的王族呢？

他的心中盤旋著一股難以言喻，對賈迪爾的不快之情——這是嫉妒。然而艾倫剛才的聲音那麼難受，甚至消弭了這樣的心情。

為了實現艾倫的心願，凱握緊拳頭，封住拚命吶喊著「不要」的心。

「我可以叫妳艾倫公主嗎？」

「請自便。」

獲得艾倫許可後，杜蘭開心地對艾倫說道：

「公主可以叫我杜蘭。」

「……」

艾倫隻手放在下巴，歪著頭思索，卻沒有開口。

「真是不給情面啊。看來我非得請艾倫公主叫我的名字了。」

面對笑著拋出這句話的杜蘭，艾倫雖然沒有表現出來，卻暗自退避三舍。

（嗯……？）

她總覺得自己按下了不該按的開關。

對方是信仰精靈之國的國王，艾倫明白他見到自己而感動不已，卻不怎麼想聽他叫自己的名字。

（賈迪爾也很堅持要我直呼他的名字，這其中有什麼意義嗎？）

艾倫深感疑惑，凡等人卻釋放出懾人的殺氣。要是羅威爾在這裡，肯定對著杜蘭拔劍了。

不過眼下要是表現出心慌的模樣，想必正中對方下懷。艾倫重振旗鼓，但杜蘭先開了口。

「在這麼昏暗的場所說話有失公主身分。艾倫公主，請務必造訪我國王城。」

杜蘭彷彿要邀人共舞，優雅地伸出他的手。艾倫見他伸手，也輕輕抬起自己的手，看起來就像要接受杜蘭的手。

「公主殿下！」

心慌的凡忍不住大叫。艾倫抬起的手卻拒絕了杜蘭，伸手指向另一個方向。所有人順著那隻手看去，才發現那是關住艾米爾，飄浮在空中的球體。

「你想拿那個怎樣？」

艾倫的這句話宛如一道謎題。

她那雙美麗閃耀，宛如寶石的眼眸，就這樣盯著杜蘭看。看到那雙眼眸，杜蘭心中滿溢欣喜。眼前的精靈和看都不看他一眼的羅雷不同，正筆直望著自己。

精靈正在試探他。知道對方是個一如傳言，不好應付的人，杜蘭笑了。

「想必艾倫公主已替我們封印了那東西吧？」

杜蘭也以試探她的方式回話。他故意採取會挑起艾倫身為精靈公主自尊心的口氣，卻沒想到艾倫愣愣地看著他。

「為什麼我要封印你自己招來的災厄呢？」

這句話表明她並無義務。面對這樣的話語，儘管杜蘭和在身邊待命的護衛並未表現出來，不遠處的其他護衛們卻明顯心慌了。他們想必在遠處看到艾米爾做了什麼吧。

「那並非封印，只是暫時把人關起來罷了。一旦詛咒察覺那股將人關起來的力量是何本質，馬上就會破殼而出。」

詛咒是魔素堆積而成的存在。而精靈使用的魔法其實也是將魔素實體化。艾米爾的詛咒已然變質，試圖吞噬所有生物。

一旦它察覺禁錮自己的力量本質為何，想必連艾倫的力量也會被吞噬。

「那就傷腦筋了。」

杜蘭的臉上完全不見一絲困擾的神色。艾倫知道他想說什麼了。

「艾倫公主，這東西該怎麼處理才好呢？」

杜蘭認為艾倫將會乖乖提出相應的條件。

他的目的在於消滅汀巴爾王族，不過更要緊的是建立與艾倫的關係。

「這東西已經不是人了。既然不是人，我們便無計可施。我們需要艾倫公主的力量。」

「我剛才說過了。為什麼我必須幫你解決你自己引來的災厄呢？我想你大概沒想到事情會變成這樣，但你覺得我有必須幫助這個國家的理由嗎？」

艾倫斬釘截鐵地拒絕。一旁待機的護衛聞言，忿忿地踏上前。凡和凱因此繃緊了神經。

「住手。」

杜蘭以彷彿要射殺對方的眼神怒瞪這名護衛，這樣的態度倒讓艾倫等人有些訝異，不懂杜蘭為何要這麼對待護衛這個自己人。

（……難道是在意我的臉色？）

雙女神總說杜蘭「最愛精靈」，艾倫等人卻無從得知此事。

確認護衛道了歉，並往後退一步之後，杜蘭擺出稍加思索的模樣，對艾倫這麼說：

「我想反問為什麼不能幫助我們？倒在那裡的男人已被精靈厭棄，遭到詛咒。如果把我們雙方放在天秤上，應該會往我們這邊的托盤傾斜吧？」

「……」

「汀巴爾王族蔑視理應敬重的精靈，把精靈當成道具。區區被詛咒者，哪有什麼繼續蒙受精靈恩惠的必要？當我聽說凡克萊福特家受到令人髮指的對待，簡直怒不可遏。為什麼他們能這麼……」

說到這裡，杜蘭的話音戛然而止。艾倫不禁望向他的臉，想知道他怎麼了。

只見杜蘭竟一臉盛怒，令她不由心生畏怯。

原本待在後方的凡和凱迅速站到艾倫前方擋住她。

察覺艾倫一臉懼怕，杜蘭慢慢吐了口氣，讓自己冷靜下來。

「……哎呀，抱歉，因為我真的很厭惡汀巴爾王族。」

杜蘭嘻嘻笑著，向艾倫道歉。

「艾倫公主，妳意下如何呢？我想我們應該可以幫助凡克萊福特家喔。」

「……」

「妳別再管只會把麻煩事推給你們的人了，帶著整個家族來到我身邊吧？我們絕不會做出和他們一樣的事。對我們來說，精靈是必須尊崇的存在。」

杜蘭笑容滿面地說。見他這樣，艾倫心裡卻悲傷不已。

「你對那個女孩也說了同樣的話吧？」

「什麼？」

「你們同樣憎恨王室……所以你告訴她，只要順利引誘出英雄，封印住他的力量，之後想怎麼做就怎麼做嗎？」

艾米爾心生期待而採取的行動，正是一切的開端。

杜蘭假裝明白艾米爾的憎恨，並加以利用。艾倫非常清楚，即使事情順利進行，這個男人到最後依舊不可能放過身上流著憎恨血統的艾米爾。

「你可是試圖把爸爸從我的家人身邊奪走喔。」

艾倫用力瞪著杜蘭，並指向封著艾米爾的物體。

「她已經沒救了！她被詛咒吞噬，甚至讓周遭一切變質。淤積的魔素會反覆旋轉收縮，最後因為無處發洩而爆炸！」

你知道這代表什麼嗎——艾倫這麼詢問杜蘭。

了。

「……我怎麼知道？」

杜蘭因為艾倫的怒氣而顯得有些心慌。艾倫接著傷心地說：

「她已經變成魔物風暴的核心了……」

那是發生在各地的災厄，規模嚴重到記載於史冊。如今那場災厄，就要在這塊土地發生

隨著艾倫發出悲傷的聲音，現場也被靜謐包圍。

不只凡和凱，就連杜蘭和他的護衛都花了一點時間，才理解艾倫所說的話。

「妳說……魔物風暴的核心？」

杜蘭這聲低喃帶著一絲慌亂。即使不明白「核心」是何意，他想必也知道「魔物風暴」這個詞代表著什麼吧。

在後方遠處待命的護衛們心中的動搖就像水面波紋般不斷擴散。想想也是，畢竟他們都親眼看到艾米爾做了些什麼。

明白過去發生在汀巴爾國的災厄，如今即將再度發生在這塊土地上，那些人的情緒迅速從心慌變成了恐懼。

在海格納國內，人們從小就聽著汀巴爾國發生的災厄長大。

至於為什麼汀巴爾國會發生那種事——聽說是因為他們惹怒精靈，失去了精靈的庇佑。

在海格納國內，城裡的人都知道他們已經失去崇敬的羅雷庇佑。此刻護衛們認為，一定

是因為他們讓受詛咒的人入國，才會惹怒精靈，於是個個臉色發青。

然而杜蘭無視於身邊眾人的恐懼，抬頭挺胸地開口：

「如此一來，不就成功證明汀巴爾是引發禍端的存在了嗎！妳說是吧，艾倫公主？」

杜蘭厭惡地望著倒在艾倫後頭的賈迪爾，這麼說道。看來他是把艾倫的說詞扭曲成自己想要的模樣了。

「既然如此，便更該收拾這些人了，否則災禍將會降臨在這塊土地上。」

聽到杜蘭這番冷靜的說詞，後方的護衛們這才回過神來。

他們同時拔劍，紛紛指著賈迪爾。

「你們要是殺了賈迪爾，我就會解放艾米爾！」

艾倫喝道，護衛們的肩膀也隨之顫動。

「艾倫公主，妳剛才說這個小姑娘沒救了，對吧？」

杜蘭看著被艾倫以能力困住的艾米爾。

「……我的確說過。」

「艾倫公主果然很溫柔，卻不該把仁心耗費在汀巴爾的人身上。妳保護的那位王子是為了肅清這個小姑娘，才會來到這裡的。這個小姑娘原本就註定要死。」

「咦……？」

艾倫花了點時間才聽懂杜蘭在說什麼。

其實只要思考賈迪爾身為王族的立場，很快就會明白他是為了殺死艾米爾，才會來到這裡。艾倫卻先入為主地認為不可能。

她認為生性善良的賈迪爾不可能做出這種事。

杜蘭不待艾倫回答，微微笑著說：

「汀巴爾王不可能會放走英雄和妳，那傢伙是個連孩子都當成道具的男人。一旦成了阻礙，即使是家人，他也可以輕易捨棄，就像這個小姑娘一樣。艾倫公主，妳被那傢伙矇騙了……真是可憐。」

考慮到拉比西耶爾的性情，這的確並非不可能。

但先不說從前如何，艾倫和拉比西耶爾認識的這些時日，讓她知道如今的他不可能做出如此膚淺的行動。

只要拉比西耶爾有那個意思，和鄰國打仗這種事隨時都可以實踐。況且當羅威爾回來造成騷動之際，就有機會可以掀起戰爭了。

一旦將凡克萊福特家和領地的人當成人質，並把羅威爾送到海格納，一切會簡單很多。

然而汀巴爾國因為魔物風暴而失去了許多人民。

況且他們自覺沒了精靈的恩寵，與鄰國之間的戰力差距也很明顯，因此拉比西耶爾並未做出繼續折損人民的愚蠢行為。

他反而跟羅威爾交涉，避免人民受到傷害。只要羅威爾存在，就會是一股力量，能夠牽

制盯上國家的人。正因如此，艾倫他們才無法不把拉比西耶爾當一回事。

「我們和那個國家不一樣。我發誓我們會敬重精靈，善待凡克萊福特家。」

「你才是一點都不懂。你根本不知道汀巴爾王首重什麼。」

「妳說什麼……？」

聽到艾倫的這句話，原本面帶笑容的杜蘭臉上有了些微扭曲。

「你說你的國家會把精靈當成最重要的東西是吧？」

「那當然，因為精靈是和我們共從存在的事物。」

「未能蒙受精靈恩寵的汀巴爾國，不是個會抓著自己沒有的東西不放的國家。他們接受現實，始終都在思考什麼才是最重要的事物，然後付諸行動。這點在那個國家被詛咒之前就是如此。」

「……什麼？」

「那個女孩違反陛下想守護人民的心思，所作所為皆是戰爭的導火線，阻止她也是王族的責任，所以賈迪爾是懷著使命來到這裡的。結果他卻……」

艾倫握緊小小的拳頭。賈迪爾分明是肩負王族使命才會來到這裡，卻做了不該做的事。

「他不能救我……」

艾倫的聲音微微顫抖，狂亂的感情不斷翻騰，在內心深處掀起風暴。

心臟別說跳得飛快，簡直就像燉煮多時，已然沸騰的液體。

「可是艾倫公主啊，倘若連這樣的情況都是汀巴爾王的策略該怎麼辦？說不定他只是把蒙受妳的恩惠視為第一順位罷了。」

「……是啊，或許如此。」

拉比西耶爾的確是這樣的男人。他把人民擺第一，是個連精靈詛咒都會拿來利用的男人，這點艾倫非常清楚。然而賈迪爾不同。

（我一直都聽得到賈迪爾的聲音……）

艾倫記得那道真摯、義無反顧、對精靈祈禱的聲音。

拉比西耶爾和賈迪爾的心思如何？艾倫無從知道真相。或許都是真的，抑或都是假的。

唯有一件事她很清楚——只有同胞們的吶喊消失的那瞬間是「真的」。

由其結果帶來的光景便能斷言，拉比西耶爾和賈迪爾明顯不同。

「無論汀巴爾國和你在打什麼主意都無所謂，我是懷著使命才會來到這裡的。」

當艾倫說出這句話的瞬間，包著艾米爾的物質裡似乎發出了某種衝擊力道，使球體變形。

「咚！」沉重聲響傳來，聽起來就像自地底響起的聲音。

包著艾米爾，保持平滑球體的物質，隨著那道沉重聲響，像是受到來自內側的攻擊，開始凹凸變形。

「即使我的使命就結果而言幫到你們……怒氣也不會消弭。」

現場再度傳出「咚！」的聲響，感覺就像與艾倫的憤怒同步。

艾米爾正在抵抗。杜蘭等人想起艾倫說過她掙脫束縛只是時間的問題，臉色因此變得相當難看。

杜蘭急忙把視線轉回艾倫身上。只見她不慌不亂，靜靜地盯著杜蘭。

那副神情顯露著靜謐的怒火，並掛著一絲淺笑。在這樣令人畏懼的情況下，她卻面露微笑，見者無不湧現滿滿的恐懼。

「艾倫公主！對妳的家人下手的並非我們！而是這個可恨的汀巴爾王族之女啊！」

「把爸爸當成誘餌，和她交涉的人是你。你或許只是隨口說說，並非本意，卻因此成了奪走我的重要之物的導火線……你以為我會原諒你嗎？」

「……！」

「在我看來，你們都是一樣的。只優先於自己的心願，奪走我們精靈的重要之物，甚至打算把我們當成道具。汀巴爾國和你到底有什麼不同？」

「妳說什麼！我什麼時候……」

杜蘭原本想問「我什麼時候奪走了精靈的東西」，艾倫卻搶先開口：

「不只我的爸爸，羅雷也是。」

「什麼……？」

一搬出羅雷之名，杜蘭便心慌地瞪大眼睛。艾倫看著他說：

「你也企圖奪走羅雷的重要之物，所以羅雷才會拚死抵抗，為了避開你的耳目守護那個人。」

「妳說羅雷大人？」

杜蘭一臉完全聽不懂艾倫在說什麼的表情。艾倫卻筆直地盯著他，冷冷地說：

「羅雷一直守望著這個國家，這是牠跟一個非常重要的人的約定，是活在永遠時光中的精靈和人類立下的約定。即使再也見不到面，羅雷依舊守約至今。」

艾倫無視於旁人有多焦急，慢條斯理地開口：

「結果某天，牠遇見與重要之人擁有相同靈魂的人了。牠很高興、很懷念，即使知道他和故人不同……依舊在意得不得了。」

「妳說的……難道是……」

「你只憑『不利於你』這個理由，就企圖奪走羅雷重要的人。」

杜蘭心裡總算有了頭緒，臉色明顯發青。

「我已經決定，當我下定決心要做某件事時便會做得很徹底。汀巴爾王憑他自己的手腕迴避了這種情況，但你又如何呢？」

正因為杜蘭迷上了和汀巴爾王交鋒的艾倫，更能直接感受到艾倫話中的可怕。他的心中迅速萌生後悔。

杜蘭和拉比西耶爾一樣，觸碰到艾倫的逆鱗了。

「請你覺悟吧。」

杜蘭等人只能愣在原地聽著艾倫宣告。而企圖打破包覆著艾米爾的物質的低沉聲響，宛如倒數計時般，響徹周遭。

第六十二話　悲傷的吶喊

在逼近眼前的暗影中，羅威爾聽見詛咒的聲音。

『好過分……救救我……我不要……好痛好痛！』

精靈痛苦的聲音裡還夾雜著憤怒的聲音。

『為什麼我要因為那傢伙而被奪走一切……為什麼為什麼為什麼！』

黑暗中有一道聲音，怪罪著不認同自己的旁人，更覺得那些人很奇怪，總是不提供自己想要的東西。

（……好想吐。）

羅威爾一路走來，不斷被王室的任性妄為擺弄。因此他扼殺自己，憑藉貴族的驕傲才勉強忍了下來。

他的人生到底算什麼？自己真正的心情夾在兩者之間，讓他差點自暴自棄。他總覺得自己當時心中的吶喊和詛咒的聲音很相似，忍不住嗤之以鼻。

羅威爾有拯救他的奧莉珍。她在自己放棄一切時輕輕從背後包容他，是個給予他平靜的存在。

他從奧莉珍身上學會愛人。艾倫出生之後，他身為父親，和女兒一同培育慈愛與喜悅之情。

羅威爾將自己所有的力量注入結界之中。他不會就此結束，怎能就此結束——當他這麼瞪著暗影，那道熟悉而惹人憐愛的嬌小背影便出現在眼前。

強烈的光芒宛如要對抗黑暗一般，一口氣自那道背影迸出。力量的波動與暗影產生強烈碰撞，瞬間驅散了暗影。

「……什……」

羅威爾簡直難以置信眼前發生的事。

疑似艾米爾的部分物體連著暗影一同被吹飛，並發出疼痛的叫喊。聲音從遠方傳來，但羅威爾眼裡根本容不下那東西。

儘管他已經張嘴，想問：「妳為什麼在這裡？」腦袋卻跟不上這一切，結果沒能說出口。

眼前這道嬌小的背影看也不看羅威爾一眼，立刻大叫：

「大家都在附近吧？快把爸爸帶走！」

原本消弭身形，在一旁待命的大精靈們瞬間包圍羅威爾。當他像個要被帶走的人犯，雙手遭抓住，周遭還傳出要轉移的氣息之際，這才驚覺接下來會發生什麼事。

「住手！放開我——！」

羅威爾拚命反抗。他怎能把寶貝女兒丟在這種地方？

然而儘管他蒙受女神之力的恩惠，原本卻仍是個人類，根本敵不過大精靈的力量。

當艾倫大吼的瞬間，眼前的風景也隨之變化，無論是艾倫的身影抑或其他光景，都已消失無蹤。

「！」

羅威爾環視四周，想知道這裡是哪裡，沒想到此處一片雪白，是個什麼都沒有的世界。

他就這麼獨自佇立在雪白世界的中心點，覺得腳底下是地板，卻又有種彷彿站在水面上的神奇感覺。一邁步向前，腳底就會像水面一樣產生逐漸擴大的波紋，隨後消失。

「這是怎麼回事？」

儘管腦袋一片混亂，他依舊試著使用轉移，想快點回去，卻發現無法使用力量。

「什……！」

羅威爾看向自己不斷抖動的雙手。他不明白這是怎麼回事，不斷試著使用轉移，但精靈之力就是使不出來。

他變成和奧莉珍締結契約之前的普通人類了。

「來人啊！有沒有人在啊！」

他在雪白的世界大吼，並呼喚著艾倫和奧莉珍這兩個心愛之人的名字。

在沒有任何回應的世界裡，羅威爾覺得自己的心逐漸被焦慮和絕望占滿。

「不行喲。」

「你不行。」

這時，雙女神的聲音自頭頂傳來。羅威爾立刻抬頭仰望上空。只見雙女神飄浮在半空中，交替開口：

「不行喲。」

「你不可以待在那裡，否則世界會因你毀滅。」

「妳們這是……什麼意思……？」

焦躁轉化為憤怒只需要一瞬間。羅威爾沒想到自己會被捲進這兩人的反覆無常之中，因此心慌不已。

他在心裡拚命告訴自己要冷靜，想盡辦法控制即將爆發的怒氣，不能就這樣稱了她們的意。

然而想立刻回到現場的焦急卻撼動著他的決心，讓他無法順利思考。

「我洞悉一切。」

「我負責定罪。這都是為了守護這個世界。」

「什……」

聽到「定罪」二字，羅威爾更混亂了。當他心想「難道雙女神是為了制裁自己」的瞬間，洞悉一切的沃爾笑了。

「討厭啦，才不是你呢。」

「就是呀～真不知道你在誤會什麼？」

見她們兩人一臉傻眼，羅威爾不解地皺眉。

「要被制裁的人，是那個女人的孩子喲。」

「裁決已經開始了，執行的人是艾倫。」

「妳說什麼！妳們想讓我的女兒做些什麼？」

見羅威爾頓時情緒激動，雙女神笑道：

「哎呀哎呀。」

「居然敢對女神這麼沒大沒小，哎呀哎呀。」

雙女神雖嘻嘻笑著，卻有股可怕和恐懼的感覺頓時襲向羅威爾。但羅威爾不認輸，用力握緊拳頭並瞪著雙女神，指甲都深入掌心，開始滲血了。

「艾倫可是女神喲。她身為女神，有義務管理這個世界。」

「那個女人的孩子已經成了非人之物呢。既然到了這步田地，也顧不得裁決，必須淨化才行。」

「淨化……？」

「我們身上都肩負一個使命，使命會與成長共同茁壯。艾倫也一樣。」

「我記得……艾倫是元素，跟淨化毫無關聯吧？」

即使聽了對「元素」的解釋，羅威爾依舊沒能搞懂。但他記得當時聽到的是「掌管事物本質的女神」。

「那代表著一切事物的本質。然而艾倫無法掌管生命，因為那是奧莉珍的使命。」

「不過艾倫的能力已經多樣發展了。照理來說，她根本不可能療傷，卻巧妙地辦到了。」

「那又……如何？」

「艾倫將事物的本質轉換成各種不同的形式，並不斷延伸，甚至可以操縱自己的成長。但反之亦然。」

「反之亦然……？」

「她可以改變事物本質的排列方式，使之消散。」

「也就是說，艾倫為了守護這個世界，變成肩負淨化這一使命的女神了。」

艾倫為什麼會出現在現場？即使聽到那是她身為女神的職責，羅威爾依舊無法控制自己不發出怒吼。

「那為什麼只有我在這裡？讓我回到剛才那個地方！」

雙女神面無表情地睥睨著羅威爾。

「看來你到現在仍不懂自己的立場。」

「還是說你依舊沒多少身為精靈的自覺？你當初的決心上哪去啦？」

面對拋出冰冷話語的雙女神，羅威爾本來不服輸地想大聲反駁，卻察覺有人從他身後輕輕環抱住他。

「……奧莉？」

奧莉珍靠在羅威爾背上，環抱著他的身體，靜靜地哭泣著。

奧莉珍現身的瞬間，雙女神就消失了。即使羅威爾向空中伸手要她們站住，也已經來不及。

既然無法仰賴雙女神，就只能靠奧莉珍了。羅威爾轉了個圈，抱著奧莉珍，並溫柔地搓揉她的背。奧莉珍卻只是無聲地落淚。

「奧莉，我必須趕到艾倫身邊，拜託妳。」

聞言，奧莉珍並未點頭。面容扭曲的她只是低著頭。

「……奧莉？」

「親愛的，對不起……不可以。」

「這是為什麼？」

「這個世界是姊姊們做出來的，我不能干涉。」

「什……」

「這是女神的制約。況且我也不能干涉女神的使命。」

羅威爾的怒氣再度湧現，他覺得自己就快瘋了。

「親愛的，別這樣……」

「妳在說什麼啊！艾倫有危險耶？」

「羅威爾……對不起，我沒有能力幫助艾倫……」

見羅威爾啞口無言，奧莉珍接著說：

「我是萬物之母的女神。只能孕育生命……羅威爾，要是你再有什麼萬一，我一定承受不了……」

「……咦？」

「我沒辦法控制自己的力量……對不起……」

畢竟奧莉珍現在懷有身孕。如今她的狀態不穩定，難保不會因為一點小事失控。

羅威爾這才發現自己忘了這件事，不禁慌了手腳。

「而且要是你落入那個女人手裡……我……將會無法饒恕人類……」

奧莉珍只是不斷哭泣，這讓羅威爾感到困惑。

說實話，如果艾倫當時沒有救他，他一定會被暗影吞沒。

一想到這裡，羅威爾便覺得毛骨悚然。不過他也隨即發現自己並未設想到後續將變成什麼樣子。

雙女神說了，說他還不懂自己的立場。

「難道……她們全看穿了……？」

「即使我壓抑自己的怒氣，過去曾被虐殺的精靈們依舊不會因此歛起怒火。屆時不只汀巴爾國，周遭的國家都會被消滅吧……不對，我不知道到時人類是否還能平安無事。精靈們就是如此憤怒。現在是我壓抑著大家……」

兩百年前，汀巴爾王族犧牲精靈的那起事件——

當時之所以沒有制裁汀巴爾國，是因為構成那個國家的魔素將會昇華至空中，接著，高濃度的魔素會落到全國各地。

如此一來，世界各地將會發生魔物風暴。奧莉珍考慮到後果，才會壓制精靈。

然而那些承蒙奧莉珍善意得以存活的王族，這次卻企圖對女神心愛之人下手。

倘若羅威爾被詛咒吞噬，奧莉珍將會沉浸在悲傷之中。如今他們甚至對艾倫下手，精靈們想必會不由分說，前去制裁人類。

「怎麼會這樣……」

抱歉……羅威爾道了聲歉，抱緊不斷哭泣的奧莉珍。他詛咒自己的無力，只能抱著奧莉珍顫抖的肩膀，祈禱艾倫平安無事。

艾倫是為了拯救羅威爾，為了完成女神的使命，同時為了避免人類和精靈之間掀起戰火，才會出現在現場的。

＊

汀巴爾王城中，自早上目送賈迪爾等人離開過了約四小時。

現在是距離中午仍有些早的時間，拉比西耶爾的勤務室卻突然有人接二連三地落下。

「嗚哇啊啊啊！」

「唔！」

「好痛！」

拉比西耶爾罕見地嚇得抖動雙肩，並在訝異之餘瞪大了雙眼。

當他一愣一愣地看著人一個個從天花板掉下來時，近衛們察覺室內傳出聲響，粗魯地開門闖進，大喊：「怎麼了！」

「嘎！」

索沃爾發出被壓扁的慘叫。聽見這道聲音的拉比西耶爾這才回過神來，高呼：

「回來了嗎！」

近衛們也發現那是索沃爾等人而困惑不已，拉比西耶爾的心頭卻始終盤據著不祥的預感。當下在眼前的人只有索沃爾的幾名部下，以及賈迪爾的三名護衛。

羅威爾、賈迪爾，以及他要找的艾米爾都不在。

「這……這裡是……？陛、陛下！」

索沃爾等人終於察覺自己身在何處，急忙低頭致意。

「羅威爾呢……賈迪爾又在哪裡？」

拉比西耶爾先不提及艾米爾，皺著眉頭這麼問。索沃爾等人卻一臉困惑地說：「這……這個……」

此時，索沃爾想起突然出現在現場的艾倫身影。

羅威爾原本和艾米爾交戰中，卻莫名因為艾倫的命令而被大精靈帶走了。

他想起羅威爾在即將被帶走之際，大叫著：「住手，放開我！」艾倫為什麼會出現在現場，把索沃爾等人送回汀巴爾國呢？為什麼羅威爾、賈迪爾，以及艾倫都沒有回到這裡來呢？

索沃爾頓時察覺發生了什麼事，因此不知該如何報告，喉頭也不斷顫抖，無法出聲。

正值此時，大精靈出現在半空中。那是之前在此處釋出威壓，結果被羅威爾趕回去的精靈。

所有人以訝異的目光看著大精靈，對方也面無表情地開口：

「人類啊，人數對嗎？」

「人數……？」

「凡奉公主殿下之命，將爾等從遠地送回，吾也幫了一把。」

「人、人數不對！大哥、殿下……還有艾倫也不在！重要的是，艾倫怎麼會過來！」

心慌的索沃爾詢問大精靈，模樣看起來非常急切。

「羅威爾大人已至別處避難。公主殿下在那裡還有必須達成的使命。」

「殿下呢……！」

勒貝大吼一聲，佛格和托魯克也站了起來。

「我們得去幫助殿下……！拜託您，請把我們送回去！」

勒貝等人心急地請求大精靈。大精靈卻直接駁回：「不行。」

「吾不能放爾等回去，一去就會死。況且那人已經沒救，他為了保護公主殿下倒下了。」

「沒……沒救了？」

「倒下……了……？」

聽到護衛們愣在原地喃喃自語，大精靈面不改色，冷冷地回答：

「那小子被詛咒吞沒，回天乏術了。」

隨後，大精靈表示任務已完成，就這麼消失了。

室內遭到無比沉重的沉默吞噬。索沃爾等人都鐵青著一張臉。

「……發生了什麼事？」

拉比西耶爾的聲音，在沉默之中冰冷地迴盪。

＊

由於艾米爾惹出的事端，從海格納來留學的克拉赫也繼續停留在汀巴爾。

他原本就知道兩國間的火藥味越來越濃重，如今卻沒有人趕他回國，海格納那邊也杳無音訊。

（其實我心知肚明……即使我被處刑了，一定連存在都會遭到遺忘吧。）

他知道自己不過是這種程度的存在，現在重新體認到這件事卻令他不由得嘆了口氣。

他在汀巴爾王國並未遭受監禁，可以在一定範圍內自由行動。

儘管上街需要獲得許可，他卻只泡在王宮的圖書館念書。他尤其不擅應付在各方面都替他著想的奧耶爾王弟。

多虧奧耶爾親切待他，他在汀巴爾國的生活非常舒適，讓他忍不住想繼續待在這裡。

（我在祖國明明那麼憎恨這個國家……為什麼這個國家的人會如此溫柔呢？）

海格納和汀巴爾的國境總是紛爭不斷。正因如此，他才會做好覺悟前來，以為這個國家不會善待海格納來的留學生。

但他和艾米爾成了交換留學生後，實質上達到停戰協議的作用，就結果而言也受到汀巴爾國歡迎。

（不過艾米爾公主沒什麼好傳聞。）

以某個層面來說，這次交換留學就是一種人質交換，因此克拉赫私底下悄悄探聽過，和自己地位相等的艾米爾是個什麼樣的人，結果聽了傳聞後不禁蹙眉。

（話題幾乎都會偏向她的母親。不過她從小就跟著母親一起讓人民受苦……）

如果汀巴爾的王族都是這種人，克拉赫也不至於如此煩惱。

（…………真不想回去。）

他在海格納沒有容身之處，根本是如坐針氈。

克拉赫抱著這樣的煩惱，今天也和平時一樣專心念著書。這時走廊傳來吵雜聲，他便擱筆抬頭。

在圖書館看書的其他人也因為受到干擾，紛紛看向門口，想知道怎麼了。

當克拉赫察覺應該是誰在找人時，突然認出奧耶爾就在那群人中。

對方也發現了克拉赫，帶著微笑舉起手。

克拉赫也低頭致意，結果奧耶爾不知為何朝這邊走來。看來對方要找的人就是自己——

克拉赫急忙站起來。

「真是抱歉，我有話想跟你談談，可以換個地方嗎？」

「好……好的，沒問題。我先去還書，可以稍等我一下嗎？」

「好，我等你。」

克拉赫迅速把書放回書架上，隨即回到奧耶爾身邊。只見奧耶爾領著他離開，表示要邊走邊說。

但奧耶爾同時帶著三名近衛，感覺慎重其事。暗自納悶的克拉赫被帶到一間沒有人的房內。

「你坐吧。」

「好的。」

克拉赫隔著茶几坐在奧耶爾對面，女僕前來上茶。然而這段時間，奧耶爾始終不發一語。

而且不知為何，奧耶爾帶來的近衛就站在克拉赫的沙發左右兩側與後方。四面都被包圍，讓他感受到一股壓迫感。

他對這種沉重的氣氛有印象，就跟去交換留學的艾米爾沒回來時一樣。

（難道事情有了什麼進展……？）

如果可以，他希望是活著找到艾米爾了。然而從這股沉重的氣氛來看，應該是壞消息吧。或許他安穩的日子就要結束了。

他靜坐著不動，令人不快的冷汗開始湧出。一想到善待自己的奧耶爾將視自己為敵人而疏遠，克拉赫便臉色發青。

待女僕倒完茶，行了禮，離開室內後，奧耶爾這才開口：

「真抱歉，搞得這麼嚴肅。有個對你而言不是很好的消息傳來。」

「是……」

「你對你的手足了解多少？」

「咦？」

聽見這句意料之外的話語，克拉赫眨了眨眼睛。

海格納國有現任國王亦是長男的杜蘭、年幼早夭的次男律爾，以及么弟克拉赫。

只有克拉赫的母親與另外二人不同。

「我是異母兄弟當中的老么……說實話，我對王兄不太了解。」

「嗯……對已過世的律爾閣下也不清楚嗎？」

「對……咦？您說律爾王兄嗎？」

他聽說律爾跟自己年齡相仿。

克拉赫現在十五歲。如果律爾還活著，應該是十六歲左右吧？

據說律爾身為第二王子，天生身體孱弱，加上王妃被爆出不貞，所以國王立刻與王妃離婚，他身為側室的母親才得以上位。

但他不可能在這種地方大談王室醜聞。

「我只聽說律爾王兄生來身體虛弱，跟父王外出時遭遇不幸的事故，才會去世。」

「嗯……這樣啊。」

奧耶爾這麼說，對身後的近衛示意。

克拉赫正感到不解，奧耶爾卻說出了令他不敢置信的話語。

「其實律爾閣下還活著。」

「咦……？」

「然後，他現在正在我國。」

「咦？什麼……？那、那麼王兄……杜蘭陛下知曉此事嗎？」

「我就是想跟你確認這件事……但這下傷腦筋了。」

奧耶爾面露苦笑。難道他們是在尋找艾米爾的途中，發現倖存的律爾嗎？但他剛剛才說這對克拉赫並非很好的消息。

以克拉赫的立場來說或許如此，然而聽到過世的人其實還活著，照理說不該是件開心事嗎？克拉赫心中充滿疑問。

就在此時，一旁傳來敲門聲。奧耶爾允許對方入內後，只見賈迪爾和近衛一同走進來。

「賈迪爾殿下。」

克拉赫反射性地起身行禮，沒想到對方卻一臉困惑地說：「那……那個……我不是賈迪爾。」

「咦？」

「嚇到了吧？他跟我姪兒非常相像，我也嚇了一跳。」

克拉赫輪流看著笑得困惑的奧耶爾，以及一臉不知所措的賈迪爾。

「我是尤伊……不，我叫海格納．羅雷．律爾。」

「什麼？」

克拉赫瞪大眼睛叫出聲，驚愕的臉龐就這麼盯著律爾的頭髮。

「但你明明就是金髮啊？」

「…………」

克拉赫目不轉睛地望著這名以兄長名諱自稱的人物。他一時實在無法相信，因為在海格納，金髮是忌諱的髮色。

然而看到律爾瞪著自己，他才回過神來。這裡是汀巴爾國，這個國家的國民幾乎都是金髮，奧耶爾也是。

「我、我很抱歉……！」

見克拉赫急忙低頭道歉，奧耶爾苦笑道：

「無妨，也難怪你會嚇到。總之律爾閣下，你也坐下吧。」

「好……好的。」

就在律爾要坐到沙發上時，半空中突然傳來一道聲音。

『不准靠近律爾——！』

黑貓羅雷突然現身，對著奧耶爾豎起全身的毛。克拉赫見狀，發出訝異的聲音。

「難、難道……您是羅雷大人？」

『嗯？你難道是杜蘭的弟弟？怎麼會在這裡？』

律爾一聽，也疑惑反問：

「弟弟……？」

『是啊，是接在你後面出生的弟弟……提歐茲沒跟你說過嗎？』

「我是知道自己有弟弟……呃？就是他嗎？」

『什麼嘛，原來你不知道啊？』

律爾和克拉赫認真地盯著彼此。律爾明顯滿腹狐疑，克拉赫則一臉詫異地看著他。

「……啊～總之都先自我介紹一下吧。」

奧耶爾清了清嗓子說道。

面對這樣荒誕的事態，克拉赫深深慶幸奧耶爾也在場。

＊

重新自我介紹後，雙方一五一十交代律爾的生平，以及克拉赫所處的立場。克拉赫都快虛脫了。

自家醜聞被攤開在汀巴爾王族面前，實在令人無地自容。但更關鍵的原因，還是造成這一切的羅雷就在眼前。

既然象徵海格納國的羅雷在此，便代表現在的海格納國地位岌岌可危。

既可解釋成羅雷對自己的國家感到失望，也可解釋成杜蘭背叛了羅雷。

而且好巧不巧地又撞上艾米爾的事件。眼下克拉赫直發抖，臉色也難看到所有人都心生憐憫的地步。

他現在終於知道杜蘭為什麼會有這一連串的行動了。

「克拉赫閣下，你先冷靜點。」

「可是！這麼一來……我國……！」

克拉赫泫然欲泣，猛地抬起頭望向羅雷。

「羅雷大人，您拋棄我國了嗎！」

為何一直不現身——知道這正是疑問的答案，克拉赫的聲音滿是絕望。

『……你在說什麼啊？』

見羅雷打從心底感到不解，克拉赫情何以堪地叫道：

「令人費解的是您！您以為我國是多麼引頸期盼不見蹤影的您！」

『這……這個……』

「羅雷大人，您捨棄我等了嗎……？」

說著說著，克拉赫潸然淚下。羅雷卻愣在原地。

『為什麼你會這麼想？為什麼？奴只是想待在律爾身邊啊……』

律爾——聽見這個名字，克拉赫噙著滿眼淚水瞪向律爾。

「那是你搶走羅雷大人的嗎！」

「搶走……？」

「難道你想說自己不知道我國的信仰有多麼崇拜羅雷大人嗎！既然你頂著我國之名，怎麼可能不知道？」

頂著羅雷的名號，卻忝不知恥地待在羅雷身邊。

克拉赫知曉了始終成謎的問題，一改畏怯的態度，以面對敵人的眼神瞪著律爾。

「現在我終於明白王兄的心情了……！」

克拉赫光是異母就被疏遠，在國內的立場也很艱難。但他依舊從小就聽著國家的起源為何長大，心心念念著守護國家的精靈長大。

因此他很清楚，一旦背負著整個國家的人知道這件事，會作何感想。

室內的氣氛開始劍拔弩張。奧耶爾心想再這樣下去不妙，急忙將克拉赫和律爾分開。

「原來爾等在這裡啊？吾找了好久。」

一股威壓突然撕裂現場的氣氛。

室內的人全繃緊了神經，往發出聲音的方向看去。只見有個全身圍繞著神聖光輝的大精靈停駐在半空中——是以前被羅雷抓傷的霍斯。

霍斯看到羅雷，似乎想起當時的事，一臉嫌棄地和羅雷保持距離，然後開口宣告：

「時機成熟了。爾不能回到那個國家。否則會被詛咒波及。」

『您、您說什麼……？這是怎麼一回事？』

「公主殿下即將開始肅清。那個國家會暫時遭到黑暗封閉。」

室內因此開始騷動。律爾等人仍一頭霧水，克拉赫則愣愣地開口：

「國家……遭到黑暗封閉……？您是說……我們海格納嗎？」

聞言，霍斯瞥了瞥克拉赫。

「他們引入受詛咒之人，這是報應。爾等要是不想死，就乖乖留在這裡。」

話一說完，看似沒別的事的霍斯即將消失。羅雷卻跳了上去。

「什……？」

『奴的國家！奴和律爾約好的國家……！』

羅雷哭著大喊。

『奴的國家會死掉！』

牠豎起全身的毛，對霍斯伸出爪子。

『求您帶奴到公主殿下身邊！』

「好痛！痛死了！畜生！還不快停手！」

羅雷和霍斯就這麼開始了一場搏鬥。

第六十三話　家人的幫助

艾倫口中說出的「覺悟」其實是說給自己聽的。要是不做好覺悟，便無法守護重要的人事物。她不斷反芻女神告訴她的話語。

照這樣發展下去，海格納國將會變成一個死亡國度。為了避免事態演變成那樣，她無論如何都必須當場淨化艾米爾。

艾倫要以女神的身分「淨化」艾米爾。

然而就在艾倫即將解放力量的瞬間，眼前突然出現了熟悉的人物，把他們都嚇了一跳。

「這隻貓崽子！竟敢再度抓傷吾！」

理應去避難的霍斯滿臉盛怒地丟出某樣東西。

那東西在半空中翻了個身，穩穩降落地面。

「嗚哇啊！」

另一個同樣被丟出來卻跌在地上的人——是律爾。艾倫立刻明白羅雷他們跟著霍斯轉移過來了。

「你們怎麼在這裡！」

艾倫訝異地大叫。羅雷驚覺艾倫在場，隨即大叫：

『公主殿下！請您、請您高抬貴手！』

「咦？」

『請別把吾的……別把奴的國家化為黑暗！』

「您難道是羅雷……大人？」

現場傳出杜蘭一愣一愣的聲音。看到一直以來始終不現身的羅雷，讓他訝異不已。

羅雷也發現杜蘭在場，卻不予理會，只是不斷懇求艾倫。

『奴已經聽說了，把受詛咒之人引來的是杜蘭。然而……然而這是奴鑄下的過錯啊！』

聽了克拉赫哭喊的話語後，羅雷這才明白自己的立場。

這或許是羅雷以前從不知道的事，但牠現在發現了。自從遇見律爾，牠的眼前便染上了歡喜之色。儘管有必須遵守的約定，卻終究忽視了杜蘭他們。

這樣的疏忽經過時間催化而開始扭曲，才會演變成現在的狀況。羅雷不斷喊著，一切都是牠造成的。

「已經太遲了。因為她已經……再也回不來了。」

艾倫的聲音非常冰冷。

但在場的人看了她的表情，都發現一件事——她正忍著眼裡的淚水，臉上的表情也是那麼悲傷。

艾倫知道，艾米爾遭到母親背叛，那股悲傷無法消散，最後才會被詛咒吞噬。如果可以，艾倫也想救她——羅雷他們看見艾倫靜靜地釋出這樣的訊息，這才明白他們一直誤會她生氣的理由了。

艾倫在意的是羅雷等人憎恨的受詛咒之人。明白這點的羅雷不禁困惑。

『公主殿下……？難道您對受詛咒之人……？』

「縱使有被詛咒的緣由，卻並非她本身的過失。然而你們利用這點，把她逼到這種絕境！只會把自私強加到她身上……你們跟被詛咒的王有什麼不同！」

汀巴爾的始祖為了守護國家不被魔物風暴摧毀，選錯了方法。

杜蘭卻是懷著惡意利用了艾米爾，甚至嘲笑變成這樣的艾米爾，還說為了保護艾倫而倒下的賈迪爾死有餘辜。艾倫對這個人只有厭惡之情。

因為憤怒，艾倫的力量沒能確實集中，使得拘束艾米爾的魔法在一道巨響後被彈開了。

「糟了……！」

艾倫急忙再次發動魔法。然而暗影察覺精靈的存在後，朝距離最近的羅雷筆直伸出魔掌。

『呀啊啊啊！是詛咒！』

「羅雷！」

羅雷豎起全身的毛大叫。現場傳出律爾大喊羅雷的聲音，上前保護羅雷的人卻不是律

爾。

「唔……！」

「陛下！」

身為近侍的奧加斯大叫。杜蘭用左手保護羅雷，結果暗影的觸手攀上他的右手。奧加斯見狀，急忙揮劍斬斷觸手，留在杜蘭手上的暗影卻伸出小手蠢動，企圖直接侵蝕他。

看到如此駭人的光景，羅雷不禁大叫：

『杜蘭！杜蘭！』

牠悲痛的聲音響徹森林。緊接著，現場突然出現其他精靈的氣息。羅雷猛然往傳出氣息的方向看去，只見那裡有隻帶著光暈的白貓。

『羅雷！』

『姊……姊姊……？』

『動作快！再這樣下去，杜蘭會有危險！』

與羅雷成對的艾雷叫道。羅雷因此回過神來，與牠一起解放力量。

兩隻貓圍著杜蘭，向伸手蠢動的暗影嘶吼。

伴隨著「嘶！」的威嚇聲，兩隻貓的身體發出光芒。兩道光逐漸往外擴散，瞬間驅散纏在杜蘭手上的暗影。

『快點！趕快逃！』

被暗影纏上之處傳出咻咻聲，衣服已被融化，連皮膚都被燒爛了。

但杜蘭並未在意，再度以左手抱緊羅雷，迅速遠離艾米爾。

艾倫對著艾米爾投擲各式各樣的礦物，企圖再次拘束她，然而攻擊都被彈回來，完全不起作用。

艾米爾不成聲的叫喊化為震動，撼動大地，形成地鳴。那令人感到不安的聲音越變越大聲。

「唔嗚嗚……！」

艾倫接二連三使出魔法，卻應接不暇。再這樣下去，她也會耗盡體力。

『公主殿下！』

『奴來幫您！』

羅雷跳下杜蘭的臂膀，與艾雷一起助陣艾倫。兩隻貓發出耀眼光輝，努力試圖多少驅散艾米爾的暗影。艾米爾的吼聲卻不斷迴響，引發地震。

『呀！』

「羅雷！」

律爾察覺晃動的地面已經站不穩，急忙抱起羅雷。艾雷發現杜蘭也同樣不穩地跪在地上，立刻趕到杜蘭身邊。

「難道您是……」

『抱歉，奴很抱歉！羅雷會變成那樣，都是奴害的……！』

艾雷就這麼哭著守護杜蘭。

杜蘭對眼前的白貓精靈感到不解。他突然想到要確認羅雷是否平安，於是尋找牠的身影，很快便看到牠就在律爾懷裡。杜蘭忍著手傷和與平常無異的痛楚，緊緊咬著牙，發出嘰嘰聲響。

艾倫已經無法應付艾米爾不斷伸來的觸手數量了。再這樣下去，她將會敗下陣來。

（糟糕，我該怎麼辦……！）

就在艾倫的臉上浮現心慌之色的瞬間，聽見某處有聲音正呼喚著自己。

——艾倫……叫……我……

（這個聲音是……！）

艾倫這時才驚覺，奧莉珍說過的那些話，以及雙女神說的「沒問題」是什麼意思。

她過於正面承擔自己的使命了。

（不對，我不是一個人。我還有家人！）

「亞克哥哥！」

伴隨著這聲大喊，空中灑下一整片光芒，彷彿要回應艾倫的聲音。身在光芒中心的是掌管魔素的亞克。

艾米爾察覺這股突然出現的力量，迅速收起暗影，感覺似乎在害怕。

「妳總算……叫我……了。我的……小小……女神。」

亞克開心地笑著面對艾倫，接著望向艾米爾，隨即瞇起眼睛。

他伸手指著艾米爾，充斥在周遭的暗影便突然靜止不動，開始瑟瑟發抖。

像是在嘲笑艾米爾的抵抗，他以一隻指頭輕輕在半空中轉圈畫圓，艾米爾的暗影隨即以她為中心，開始迴轉。

『呀啊啊啊啊啊啊啊啊！』

艾倫不知道那是艾米爾的叫聲，抑或高速旋轉造成的聲音。

（亞克哥哥沒辦法停止魔素的行動……卻能抑制！）

倘若無法阻止，只要縮小成球體再轉圈就行了。掌管魔素的精靈可以輕鬆改變力量作用於何方。

「好厲害……」

艾倫鬆了口氣，如此低喃。亞克聞言，望著艾倫笑道：

「妳很……努力了。」

亞克撫摸艾倫的頭。面對這份溫柔，艾倫這才放下心中大石，原本緊繃的心弦差點就要斷了。

「亞克哥哥，謝謝你……！」

周遭的人都愣愣地看著亞克和艾米爾。親眼目睹亞克壓倒性的力量，讓他們無法動彈。

要是再被干擾就麻煩了。艾倫繃緊神經，自覺要動手只能趁現在。

她改變眼神，直盯著艾米爾。亞克注意到艾倫的舉動，繞到她的後方，將雙手放在她的肩上。

「我來……幫妳。放心吧，艾倫。」

「好！」

她現在——將要拯救被詛咒汙染的靈魂。

艾倫集中體內的力量。

因為她下意識抑制，使得身體沒能確實發育，結果跟不上自己的力量。

從前她不知道這就是原因，才會在勉強自己使用力量後幾次昏倒。然而這次不同，有家人陪在她身邊。

她感覺得出來，亞克正在操縱周邊的魔素進入艾倫的身體，補足不夠的力量。

（沒問題，我可以……！）

號。

人體裡平常就有微弱的電流在流動，控制身體行動的機制也是基於大腦釋放出的電氣訊

既然能操縱電磁波，那她認為自己或許也可以取得現場所有的情報。

恐怕是因為掌管的屬性對精靈來說實在太過理所當然，她才一直沒發現。

她甚至一直無意識地操縱特定波長的電磁波。

（我總是自然而然獲得礦物的情報。這代表我一直下意識使用能力讀取情報……）

艾倫使用操縱元素的力量時看漏了一件事。由於太過理所當然，一直被她忽略。

這些電流同樣會溢出身體外，使全身包覆在無形的電氣薄紗中。

（人和物品都有準靜電場，從中應該就能讀取到圍繞在艾米爾身邊的詛咒情報了。）

她打算讀取銘刻心頭的同胞詛咒，再當成數據資料消除。

（所以媽媽才會說我掌管的是存在……）

只要連人的記憶一起變更消除，就等同於刪除了存在。

所以以防忘記，人們才會在書本或石碑上留下紀錄。

那是一種下意識想逃離名為消失的恐懼而產生的行動。

艾米爾已經幾乎和詛咒同化。換言之，一旦消除詛咒，她也難以平安無事。

（什麼淨化……真是自私的說法……）

這是以女神立場為出發點的自私詞彙。站在艾米爾的角度來看，艾倫根本是掌管死亡的

女神。

無情地消除一個女孩子的記憶，以及同胞憎恨的聲音，讓艾倫感到恐懼。即使跟她說這是種解脫，依舊無法消除她心中複雜的情緒。

然而卻也不能置之不理。詛咒會吞噬周遭的事物，最後演變成魔物風暴。

要如杜蘭所說的驅散這個災厄，確實令人惱怒，但事態已經嚴重到不能計較這些了。

解放被禁錮其中的他們，也是艾倫身為女神的使命。

艾倫以下定決心的眼神定睛看著艾米爾。

艾倫解放了自己的力量。力量化為光之粒子，包覆著艾米爾。電磁波變成肉眼可見的光線，成了一陣光。

『做、做什麼……不……要……不要……啊……！』

艾米爾的聲音從光芒中心傳出。

『我會……消失！不要……！會消失！我……會消……失！』

「唔……」

艾米爾頑強抵抗，想驅散艾倫的力量。

艾倫於是解放更多力量，以光之粒子連同圍繞艾米爾的詛咒一起包覆。

如果要消除記憶，就必須先讀取情報。以同胞的悲嘆為首，連接著身在中心地帶的艾米爾的記憶。

＊

艾倫回過神來，發現自己身處一片漆黑的空間當中。

（……這個我以前見過。）

那是她在汀巴爾王城時，由於賈迪爾太過靠近她，使得詛咒活性化的事件。

她還記得當時自己看到同胞們不斷哭喊，並朝她伸出求救的手。

這令她產生彷彿看著電影場景的錯覺，跟以前在無人島上體驗到的感覺一樣。

同胞們持續詛咒汀巴爾的王族，結果靈魂產生變質。然而不知道為什麼，現在卻沒聽見哭喊著想要解脫的聲音。

『哦……哦哦……是女……神……的……光……』

隱約可以聽見的同胞們聲音被艾倫的力量吸引，對著光芒伸手。

在黑暗之中，已然化為漆黑骸骨的靈魂們拚命伸出自己的手，只想抓住艾倫散發的光。

『……好想……回……去……………』

光芒宛如受到哭聲吸引，往暗影靠攏，並慢慢包覆暗影。

接著，暗影與光芒合而為一，色彩逐漸淡去，並在化為粒子後慢慢消散。

『哦……哦哦…………』

光芒溫柔而微淡地包覆著暗影，緩緩消失。

只見詛咒漩渦正漸漸離散。

以艾米爾為中心盤旋的塊狀暗影逐一崩解。艾倫就這麼看著最後殘留下來的東西。

＊

她始終尋找著某樣存在。

她的母親總是陪在身旁。即使母親的暖意早已在不知不覺間變得冰冷，她依舊視而不見，持續欺騙自己那是暖意。

母親之所以變成這樣，都是被那個可恨的男人所害的，她是被害者，莫可奈何。都是身邊的人害的，一切都無可奈何，她並沒有錯。

都是因為有那幫傢伙在，只要憎恨他們，自己就沒有過錯。只要脫離這個地方，便能回到幸福的家庭了……

在摸索中觸及的，是久遠以前的兒時記憶。

是當時被暖意包圍的記憶。

『母……親……在……哪……？』

『父……親……在……哪……？』

艾米爾的靈魂受到詛咒影響，已經殘破不堪。

她的靈魂各處都有殘缺，然而即使成了小小的團塊，依舊拚命伸手尋找家人。

「為什麼……」

為什麼非得把她逼成這個樣子？此時艾米爾的記憶流入艾倫腦中，給了她答案。

她跟不久前的拉菲莉亞一樣，視母親為一切。

索沃爾越是彈劾艾齊兒自私自利的行為，艾米爾就越覺得他是敵人。

由於艾齊兒教導艾米爾任性妄為、鄙視他人理所當然，年幼的艾米爾自然無法分辨善惡。

深植內心的錯誤常識，讓她扭曲至此。

她是被自私自利的大人害成這樣的。

艾米爾之所以稱呼羅威爾為「父親」，是因為艾齊兒從小就灌輸她這樣的觀念。如今艾倫得知這一點，眼淚不停流下。

她發現艾米爾純粹是想要家人給予的愛情，就像羅威爾和奧莉珍給予艾倫的愛情。

「她明明只是想得到家人的愛啊……！」

這樣純粹的心意卻被杜蘭趁虛而入，演變成這種下場。

艾倫淚流不止。正因她擁有羅威爾他們給予的愛情，更難承受艾米爾遭受的對待。

她知道自己沒有資格同情、憐憫對方，卻仍忍不住為她感到憤慨。

艾倫粗暴地拭去淚水，將雙手伸向艾米爾。

是時候該連著艾米爾痛苦的記憶解放一切了。

『媽……媽……？』

艾米爾說著，並對艾倫伸手。艾倫看著朝自己伸過來的小手，不禁愣住。

艾米爾的靈魂已經小得像個嬰孩，甚至沒了原本的面貌。

她的手一片雪白，看起來宛如陶瓷人偶，全身上下已然斑駁脫落，各處都有明顯的裂縫。

或許是因為被詛咒侵蝕的部分獲得解放，結果連艾米爾的靈魂也變得殘缺不堪。

這副模樣艾倫從前見過，很像化為詛咒的同胞們的骸骨。不過艾米爾的模樣潔白，倒是沒有當時感受到的恐懼。

艾米爾那雙空洞的眸孔流下淚水，死命地朝艾倫伸手。

『媽……媽……』

「……我不是你的母親。」

『媽……媽……？不……是……？』

「不是，我不是……」

聽到「不是」兩個字，艾米爾的眼裡再度湧出淚水。

『媽……媽……妳在哪……我好……寂……寞……』

「……嗚……」

『會消……失……消失……好可怕…………』

艾米爾的聲音逐漸變小，身體也緩緩崩毀。她慢慢隨著自己的眼淚化為光芒，消失殆盡。

那道直接迴盪在腦中的聲音，就像害怕獨處而哭泣的孩童聲響。

艾米爾的身體直接受到魔素影響，如今已經變質，不復存在。

眼下只餘靈魂的本質——也就是這個雪白的念想殘留下來。

殘存的靈魂碎片拚命尋找母親的聲音，不斷敲打著艾倫的心。

盲信母親的話語而走上錯誤道路的艾米爾，以及途中醒悟的拉菲莉亞，她們兩人有什麼不一樣嗎？

拉菲莉亞現在已是受到大家喜愛的存在，她與索沃爾一起，和新的家人開心度日。

然而如果拉菲莉亞當時持續誤會著，或許會變得和艾米爾相同。

「為什麼只有她……」

當她對賈迪爾說出過分的話語時，艾倫的確氣得幾乎可以燒光周遭一切，也很惱火她竟然想奪走羅威爾。

但現在聽到艾米爾的真心話後，當時感受到的憤怒已然化為悲傷。

家家確實都有本難念的經。不過艾倫現在聽見艾米爾純真的思念，內心也隨之動搖。

『好寂……寞……寂寞……媽媽……』

幼小孩童的聲音重複著這句話，只是不斷哭喊。

她能以女神的身分，就這樣抹滅這份悲傷嗎？

這與小孩迷了路的哭喊聲有什麼不同呢？

艾倫看著向自己伸手的艾米爾，也伸出自己的手。

第六十四話　淨化

在艾倫的力量之下，不斷盤旋的暗影周圍已經充滿被淨化的光芒。

亞克臉上沒了平常慵懶的表情，以認真的眼神守著艾倫，注意她的力量有無任何異常。

儘管艾倫沒有發現，不過以里希特為首，包含靈牙部隊的幾個大精靈都來到這座森林上空待命，以便輔助她。

即使人在上空，依舊感覺得出艾倫使用了女神的力量。里希特等人默默看著光芒自森林中央湧出。

雖說現場聚集了許多大精靈，但除了亞克，沒有人能處理已經增幅的汀巴爾王族詛咒。

然而不知為何，雙女神依舊命令他們要在附近待命。

里希特等人就這麼默默看著同胞們的靈魂受到淨化，升向天際。

「感覺真是複雜。」

在里希特身旁的奧絲圖喃喃說道。歷經當時事件的精靈們絲毫沒有想原諒虐殺精靈的汀巴爾王族。

可是他們並未料到同胞們的靈魂會扭曲至此——這依舊是事實。

更別說還有人企圖利用詛咒，使精靈女王的丈夫羅威爾失去武力，好將他擄走。人類的想法果然膚淺。

「雙女神想必看著這一切。我們的所作所為將會催生什麼，又會考驗什麼……」

里希特苦澀地說。一旁的奧絲圖皺起眉頭。

「無論是囚禁亞克哥哥，還是虐殺精靈們，又或是同胞們的靈魂轉化為詛咒——這些她們全都……如果加諸在她們身上，形同父親的制約，是為了讓媽媽孕育新的女神，使她的力量覺醒……」

雙女神能洞悉一切，想必事前就知道了這樣的未來。

關於虐殺精靈一事，當時的大精靈就曾經質問奧莉珍，若是雙女神能事先告訴奧莉珍，便能避免事情發生。

然而雙女神什麼都沒有告訴奧莉珍。換句話說，即使她們知道，可能也無法告知。

女神也有制約。里希特他們不會知道女神身上有什麼形同父親的制約。女神們對此莫可奈何，他們這些精靈更是無計可施，因此大精靈們只能把犧牲同胞們的悲傷收在自己心裡。

「所以你是說這些事都有其必要嗎？」

「否則就不會發生魔物風暴，差點死掉的羅威爾哥哥也就不會來到精靈界了。如此一來，艾倫也不會出生，不是嗎？」

里希特和奧絲圖浮在半空中，臉上堆滿嚴肅。

正因為同胞們犧牲，才串起了這一切。艾倫才會出生，並覺醒成女神。

其實這一切都是結果論，沒人知道真相如何。但既然世上有洞悉一切的女神，或許能迴避災厄也是事實。既然沒能成功迴避，便只能認為這其中有某種意義。

想到同胞們為此而犧牲，確實令人情何以堪。但以身為精靈的使命來思考的話，將自己奉獻給女神的誕生反倒是件極其光榮的事，里希特感到有些羨慕。

奧絲圖似乎也有同感，她望著升上天際的光芒，喃喃說著：「那些傢伙們的嘶吼沒有白費，是嗎？」

「艾倫知道詛咒的真相後，曾對媽媽這麼說過喔。她說，比起人類和活在當下的精靈，她更想傾聽始終被禁錮其中的同胞有什麼心願……」

「……真像公主的作風。」

艾倫生性溫柔，要是知道一切真相，肯定會大哭吧。

「妳可不能告訴艾倫喔。」

「我怎麼可能告訴她？但我覺得那位公主會自己明白這些。」

「是啊……的確，艾倫就是這樣的孩子。」

讓人提心吊膽，無法離開視線，心地善良的小女神。

一生氣就會幹出讓人無從干涉的大事，到最後卻都不會忘記慈悲之心。

「要是一切順利就好了……」

里希特下意識地說出這句話，自己也不禁感到訝異，因而苦笑。

奧絲圖也和他一樣「啊哈哈」地大笑出聲。

「畢竟公主最後一定會搞出什麼事嘛～」

「……嗯？」

或許就是因為這樣，雙女神才會要他們在這裡待命。當里希特感到不對勁，便開始擔心艾倫了。

「沒事吧……」

「算……算了啦，船到橋頭自然直嘛。」

見兩人都籠罩在不安之中，其他靈牙的成員也心驚不已。

此時不曉得是否預感成真，突然有兩個巨大的存在出現在里希特他們這裡。

「什……！」

也難怪他們會驚訝，因為華爾和沃爾神色慌張地轉移現身了。

雙女神以十萬火急的速度朝艾倫的方向飛去。里希特等人見雙女神的態度非比尋常，也跟在她們身後。

「艾倫，不行呀！那個靈魂必須淨化！」

「不可以選上壞掉的靈魂呀！」

雙女神對著艾倫如此叫道。然而已經太遲了。

＊

艾倫以雙手輕輕包覆眼前這隻小小的手。

『……媽……？』

「我不是妳的母親。對不起……大家都被淨化了，妳也要一起過去嗎？」

艾米爾似乎還稍微聽得懂艾倫的話語，顯得很心慌。

『……我……大家……消失……就好……』

「嗯。」

『消失……大家……都會消失……』

「嗯。」

『嗚……嗚嗚……寂寞……好寂寞……大……家都不……見……』

「……嗯。」

她之所以吼出要大家消失的話語，或許是因為太過悲傷了。

憑一個女孩子要做出幾欲撼動國家的大事，果然是有海格納國當靠山的緣故吧。

艾米爾的悲傷和憎恨遭人利用，最後被逼得無法回頭。

『大家……討厭……我……媽……媽……也是……？』

「咦？」

『媽……媽……討厭……我……』

「艾米爾……」

『嗚啊……啊啊啊……』

這是悲傷與後悔的痛哭。

艾倫不知道艾齊兒是怎麼看待艾米爾的，卻覺得自己已經隱約知道艾米爾會和詛咒如此契合的理由了。

（或許是因為艾齊兒對她說了些無心之話，詛咒才會和艾米爾的心情同化了……）

詛咒的悲傷吶喊，與現在艾米爾的吶喊重疊。

艾倫不知道，其實賈迪爾的詛咒之所以逐漸受到淨化，也是因為他的心思和詛咒同步。詛咒的力量會因為一個念想產生作用，造成如此大的變化。

「既然妳這麼寂寞，那我來陪妳吧。」

『……陪……我……？』

艾米爾聽到艾倫的話語，驚訝得忘記哭喊，顯得有些失神。

「嗯，我陪妳。我是精靈，所以可以永遠陪著妳喔。而且大家都被淨化，已經消失了……妳要不要別再去恨那些不在的人了？否則妳永遠都開心不起來喔。」

『…………』

「妳這麼傷心，一時半刻忘不了也很正常。不過妳累了吧？妳先睡一覺，等妳醒來，我會陪在妳身邊。」

『陪……在……身邊？』

「對啊，我會永遠陪著妳。」

『陪我……』

「嗯，陪妳。」

艾倫小心不再繼續破壞艾米爾，輕輕地將她的靈魂拉過來。

她的雙手緩緩環抱住艾米爾的靈魂。艾米爾低聲說：

『……好暖……和…………』

她以哭腔這麼說道。

艾米爾損壞的靈魂已經殘破不堪。

艾倫於是使用女神的力量，保護艾米爾的靈魂不再損壞。

（……現在我知道了，媽媽選擇我的靈魂的意義。）

艾倫的行動或許是下意識的作為。

即使如此，她依舊認為女神選擇靈魂的意義應該就是如此。

奧莉珍想必也是懷著憐愛的心情，一直擁抱著艾倫的靈魂吧。

『媽……媽……』

艾米爾就像索求母親暖意的嬰孩，主動湊到艾倫身上。

她如此傷心落淚，就陪她直到這些眼淚乾涸吧。

她如此寂寞落淚，就陪她直到再也發不出聲音吧。

艾倫不知這就是女神的選定，主動環抱艾米爾的靈魂。

*

充斥在四周的光芒散去，僅有艾倫獨自佇立在原地。

一切都消失了。無論是不斷攪動的暗影還是艾米爾，都消失無蹤了。

唯一剩下的，只有森林的樹木，以及各處仍留下艾米爾作亂的痕跡。

「……竟然有這種事。」

從頭到尾看在眼裡的杜蘭發出沙啞的聲音，周圍的人這才因為他的聲音而回過神，緩慢地行動了起來。

那是種彷彿時間停止的錯覺。

因為律爾和羅雷也愣在原地，一臉無法相信發生在眼前的事。

『公主殿下淨化了他們……！』

羅雷的眼淚一滴滴落下。律爾搞不太懂發生了什麼事，只能帶著疑惑，安撫羅雷。

「艾倫，妳很努力。」

亞克的話語傳進艾倫耳裡。

艾倫想著放在胸口的靈魂，回答亞克：「是。」

『公主殿下，您平安無事真是太好了。』

「我也要謝謝霍斯你們。對不起，我這麼勉強大家。爸爸沒事嗎？」

『是的，平安無事。』

「太好了……」

聽到羅威爾平安，艾倫鬆了口氣。

一股悲傷卻仍自內心深處湧出，讓她的眼淚一滴滴往下掉。

『公主殿下！』

霍斯等人看到艾倫的眼淚，都慌了手腳。

艾倫看都不看旁人一眼，筆直往倒在地上的賈迪爾身邊跑去。

賈迪爾雙眼緊閉。艾倫的淚水就這麼落在他的臉頰上。

「賈迪爾……」

現在賈迪爾的胸膛還有些微起伏，不過之後會慢慢停止吧。艾倫明知這一點，卻迷失了方向，不知該如何是好。

或許是理解到艾倫的悲傷，在場所有人只是看著她的背影。

這個時候，上空傳來聒噪的聲音，不斷在四周迴盪。

「沒趕上啦～～！」

「艾倫！妳為什麼要選定壞掉的靈魂呀～～！」

見到華爾和沃爾登場，旁人全都愣住了。

霍斯見狀便一臉厭惡，迅速轉移消失，看來是想跟雙女神保持距離。

「雙……女神。」

聽到亞克這麼稱呼，杜蘭、他的護衛，以及律爾都驚訝不已。

「艾倫！怎麼可以選定啦！好死不死，偏偏選了壞掉的靈魂！」

「討～～厭！女神的制約就是這樣……！看不到最重要的地方，真的很不方便！」

洞悉一切的沃爾叫道。看來是受到制約影響，無法干涉有關女神的事務。

沃爾因為如父的制約，與華爾一同從旁守護著艾倫，卻萬萬沒有想到艾倫會在最後關頭做出選定靈魂這等大事。

「這是艾倫自己決定的事，所以我才看不到……艾倫明明可以干涉我的力量呀……這到底是什麼機制呀？」

艾倫在定罪艾莉雅之際，曾做出無視女神制約的行徑。

華爾想起當時的事，雙女神同時不解地歪頭。

「算了，事情都發生了，實在沒辦法。」

「也是，一碼歸一碼。現在得抓緊時間了。」

沃爾和華爾突然這麼說，轉換心情。接著朝天空招了招手。

「你們～～！都在那邊吧？快來把人抬走呀！」

華爾對著在上空待命的里希特等人吼道。

「什……母親！」

「嗨，小不點。居然沒發現我們的氣息，看來還是個小不點啊！不過你做得很好啦。」

「什……」

凡得知奧絲圖一直看著自己，明顯心慌不已。

里希特在雙女神的要求下急忙降落，卻似乎非常介意一臉不解，直掉淚的艾倫。

「我知道你介意艾倫，所以快點把小少爺送到精靈城吧。」

「沒錯，得好好獎勵他才行。」

聽到「小少爺」三個字，里希特不禁皺眉。看他的態度像是在問「誰啊？」沃爾於是伸出手指，再度說了聲：「那個小少爺呀。」里希特見狀，忍不住大叫：「啥？」

沃爾指著賈迪爾。當里希特等人明白她說的是汀巴爾的王族，個個一臉厭惡，卻只有奧絲圖一個人無視他們的反應，來到賈迪爾身邊。

「啊……」

察覺她們要帶走賈迪爾，艾倫情急之下，反射性用身體護著他。

奧絲圖把手放在艾倫頭上，開口要她放心。

「雙女神似乎要獎勵這小子。既然如此，大可不用擔心吧？」

「咦……？獎……勵嗎……？」

見艾倫頂著滿臉的淚水和疑惑，沃爾和華爾露出慈愛的微笑。

「是呀，妳很努力喲，艾倫。小少爺就交給我們吧。」

「我事前已經看到這個結果，所以設了個保險。妳放心吧。」

「保險……所以賈迪爾會得救嗎？」

「呵呵呵。」

「能不能得救，就要看這個小少爺了。」

「看賈迪爾」是什麼意思呢？不安依舊盤據在心頭，艾倫內心滿是不解。此時華爾開口點醒了她：

「艾倫，你還有話要跟這些人說吧？結束之後，回一趟精靈城吧，奧莉珍和羅威爾都在等妳喲。我們有很重要的話要跟妳說，是關於選定和這個小少爺的未來。」

「……好。」

「放心吧，他還活著呀。」

「沒錯，沒事的。」

「好。」

聽了這些，艾倫也只能把賈迪爾交給雙女神。

奧絲圖等艾倫離開賈迪爾身邊後，扛起賈迪爾，接著轉移消失。

里希特這才驚愕地大叫：「難道是為了搬人，才叫我們在這裡待命嗎？」

（沒事的，都說他還活著了，沒事的……）

艾倫在心裡不斷這麼告訴自己，粗魯地擦乾眼淚。

她的眼睛都紅腫了，卻仍瞪著杜蘭。

「海格納的王，我有話要說。」

聽見艾倫低沉的聲音，杜蘭不禁抖動雙肩。

「……說吧。」

快點把話說完，回到大家等著的精靈城吧。

*

艾倫瞪著杜蘭。正當她要開口之際——

『公主殿下，請等等！杜蘭沒有錯！』

羅雷自律爾手中跳下，擋在艾倫和杜蘭之間。

艾雷見狀，也從杜蘭懷中跳下，站到羅雷旁邊。

『公主殿下……羅雷也沒有錯。一切都是奴造成的……』

和羅雷成對，掌管白晝的艾雷邊哭邊這麼說。

『姊姊……？』

「……這是怎麼回事？」

艾倫自以為已經努力壓抑心中的怒火，冷靜反問，雙眼卻整個發直。再加上她實在太生氣，所以周圍的電子在摩擦下發出啪嘰聲響，甚至迸出火花。羅雷和艾雷看了都臉色發青，不斷顫抖。

「艾倫，冷靜。」

「啊……」

亞克察覺艾倫身邊的魔素不正常，從後方抱起她，要她冷靜。

艾倫就這麼被單手抱起，視線高度因此被強硬地改變。

面對突如其來的狀況，艾倫眨了眨眼，看著眼前的亞克。只見他對艾倫投以一抹微笑。

「亞克哥哥……」

「艾倫，生氣……沒有……好事。」

「………」

「我知道……妳著急。可是……沒事的。」

亞克說著，溫柔地撫摸艾倫的頭。

他有將近三百年的時間遭人類拘禁，被奪取力量，在這一連串的事件當中明明是受害最深的人，卻從未說過他恨人類。

「亞克哥哥……」

艾倫想起他被囚禁在學院時的光景，眼裡再度泛出淚水。或許她現在情緒很不穩定吧。

亞克察覺這點，溫柔地按著艾倫的頭，把她的臉藏在自己的肩頭。

其他人看到艾倫抖動雙肩，知道她正在哭泣，也就默默地等待她冷靜。

但艾倫知道現在不是哭的時候，馬上粗魯地揉起自己的眼睛。

里希特看了，抓住艾倫的手說：「不可以揉喔。」

「讓我重要的妹妹哭成這樣，乾脆讓這國家被黑暗籠罩吧。」

他露出燦爛的笑容，隨口說出殘酷的話語。

羅雷和艾雷聽到里希特的話，雙雙倒抽一口氣，發出「噫」的慘叫。

「我掌管光，所以這是小事一樁。妳就別再哭了。」

聽到里希特這麼說，杜蘭等人全都啞口無言。

「艾倫，對不起喔。其實羅雷和艾雷是我的眷屬，如果引發如此嚴重事態的是牠們，我會親手制裁牠們。」

『主人！唯有……唯有此事，請您高抬貴手……！』

『請別奪走奴這個國家的光！』

「妳們不正是犯下如此嚴重的罪責嗎？這件事波及艾倫和羅威爾哥哥，妳們以為還能獲得寬恕嗎？」

羅雷和艾雷的身體不停發抖，節節後退，耳朵整個垂下來，連尾巴也夾在雙腿中間，感覺像是想要馬上逃離現場。

甚至連鬍鬚都朝向後方了，看來的確相當害怕。

掌管光的里希特是僅次於奧莉珍和雙女神，備受人類重視並祭祀的大精靈。

信仰女神的教會除了雙女神，也信仰光和白晝。其中艾雷掌管白晝，是教會祭祀的精靈，負責守護雙女神的神殿。

杜蘭聽了里希特和羅雷牠們的對話，終於理解自己究竟做了多離譜的事，也明白自己惹到了誰。他的臉色逐漸發青。

杜蘭企圖把羅雷的主人——光之大精靈的妹妹抓來代替羅雷。

但艾倫並非能代替羅雷的精靈。況且他還惹怒、惹哭艾倫，他這才察覺自己完全冒犯到疼愛艾倫的大精靈們了。

杜蘭煽動受詛咒的汀巴爾王族，卻聲稱自己是精靈的夥伴，結果現在才察覺自己根本是被精靈視為敵人之人。他驚覺自己的所作所為有多嚴重，只能愣在原地。

「里希特哥哥……」

艾倫首先對著天空大大伸展，想盡辦法冷靜下來。

她不斷眨眼，接著咬緊牙關，像是忍著某種情緒，就這麼筆直看著里希特。

「我會好好說。我必須說出來。」

「……是嗎？」

「對。但要是我下意識使用力量就不好了，所以……亞克哥哥，你可以繼續抱著我嗎？」

「可以……啊！」

受到艾倫仰賴，亞克開心地緊緊抱住艾倫。

「唔咕！」

「哥哥你真是的，要適可而止。」

「不……可以用力。對不起……喔。」

「……沒關係，我沒事。」

艾倫深呼吸，「呼」地大大吐出一口氣。

她受到平常的互動拯救，發現自己原本激烈跳個不停的心臟已經稍微平穩下來。

家人都在身邊，光是這樣就是一大救贖。

艾倫面向艾雷，雙方對上視線似乎令艾雷害怕不已，牠頓時豎起身上的毛。艾倫接著重新詢問牠：

「妳說是妳造成的，這是什麼意思？」

『其、其實奴……』

四周很安靜，靜到甚至聽得見艾雷吞嚥口水的聲音。

儘管牠害怕正面詢問的艾倫，以及周遭的視線，終究還是說出了事情的肇因。

『奴……很在意始終獨來獨往的羅雷……』

白晝與黑夜——明明是成對的精靈，人類卻只因為「黑夜」這個理由而忌諱這個妹妹。

『人類只因為牠的毛色是黑的就忌諱牠。黑夜是療癒在白晝疲憊之人的時間，羅雷擔任的分明是療癒他人的作用，人類卻因為外表和偏見而厭棄奴的妹妹。』

另一方面，擁有白色毛皮的艾雷卻被奉為女神的使者，牠們就這麼被拆散了。

『奴是和羅雷成對的精靈，唯有在一起才能發揮力量。人類卻不管這點，只看外表……那幫傢伙把奴的妹妹……！』

大概是想起當時的事了吧，怒氣使艾雷豎起耳朵和毛髮。

『……就在這時，出現了一個疼愛羅雷的人類……他的名字叫律爾。』

那是海格納國始祖的名字。

艾倫感覺到擁有相同名字的律爾和杜蘭都因此屏息。

『歲月流逝，羅雷跟律爾分離後……奴很擔憂被獨自留下的羅雷……所以去拜託女王陛下，請她召來律爾已經返回天界的靈魂。』

原來律爾會轉生是基於艾雷的心願。羅雷聽了艾雷說的話，再度慌了手腳。

『姊姊……把律爾的靈魂……？』

『……是奴去拜託女王陛下的，奴希望能讓妳跟律爾見面。』

聽到這裡，艾倫心中湧現疑問。即使靈魂已經回歸天界，依舊能辨別每個個體嗎？

她忍不住這麼詢問。結果雙女神回答了：

「可以喲～只要有跟精靈締結契約。」

「如果跟精靈聯繫在一起，多多少少會蒙受恩惠不是嗎？人類的靈魂也一樣喲。會花點時間回歸天界。」

「會花時間……是嗎？」

「嗯～～這該怎麼解釋呢？這世界的一切不都是由魔素構成的嗎？精靈身上的魔素濃度和人類或動物都不同嘛。」

魔素換個說法就是力量。到了大精靈那種程度，力量便會非常強大。濃度很高，就代表力量強悍。

艾倫想起亞克在無人島告訴她的魔素循環，接著回答：

「魔素濃度與其他人不同，代表精靈的魔素消散需要一段時間……換句話說，便是要花上一段時間才能融入世界，我這麼解釋對嗎？」

「就是這樣，艾倫！」

華爾和沃爾拍了拍手，誇獎艾倫說得好。

「濃度高就代表力量強……所以追蹤殘留的力量，才鎖定了律爾先生的靈魂嗎？」

『就、就是如此。女王陛下利用奴的力量，尋找沾上與奴成對的力量的律爾靈魂。』

羅雷與律爾分別後，始終守著律爾的遺言。

牠發誓會獨自守護律爾的子孫，以及這個國家。但牠看起來感覺卻有些寂寞。

『當時奴已經被困在神殿之中。一旦奴替羅雷說話，人類就會因為偏見去彈劾羅雷。所以奴覺得與其傷害羅雷，不如選擇維持分離……』

『姊姊……』

羅雷也想前往艾雷身邊，但在無法使用力量的狀態下，牠實在很猶豫要不要過去。

牠持續受到人類不友善的對待，無法對律爾及其子孫以外的人放下戒心。

旁人或許會覺得只要跟里希特說一聲就好了。然而雖說是精靈，牠當時力量很弱，況且又和成對的存在分開，根本只是一隻活得很久的貓罷了。

羅雷和艾雷是在這數百年的期間，好不容易累積了力量。

因此艾雷才會前往奧莉珍所在的精靈城，認為只能趁現在拜託她完成心願了。

＊

聽完艾雷所說的開端後，艾倫說了一句「請稍等」，開始思考起來。

她不斷在腦中回想著艾雷剛才所說的那些話。

（總覺得哪裡怪怪的……）

從艾倫自己也已經執行過的「選定」來看，女神想必可以接觸人類的靈魂。

（為什麼媽媽會願意幫忙尋找律爾先生的靈魂，然後進行轉生呢……？）

想到此處，艾倫發現了一件事。

那並不是她所想的答案，卻和其他地方有所關聯。既然律爾的靈魂是因為和羅雷締結契約，魔素濃度才會高的，那是不是也會直接影響母體，甚至胎兒呢？

「所以律爾先生才會出現返祖特徵嗎？」

「什麼！」

律爾突然受到艾倫注視，在驚訝之餘聳動雙肩。

「這是什麼意思？」

關於這件事，杜蘭想必也很想知道。他反射性地道出疑問。

「既然羅雷的力量附在他的靈魂上，想必相當強勁，那便是魔素的強度。人類的身體會因此受到魔素影響，所以律爾先生與生俱來的金髮是羅雷的影響吧。」

「我的頭髮……」

『是這樣嗎？』

羅雷也隱藏不住心中的訝異。他們原本只是單純認為那是律爾的靈魂，才會出現返祖特

徵，不過原來有個確切的理由。

律爾的髮色訴說了精靈與人之間萌生的強烈牽絆。

「那頭不祥的叛徒髮色，居然是羅雷大人的影響……？」

杜蘭的表情充滿悲傷。正因他一路崇敬著羅雷，信仰「黑色」，當他知道「叛徒的金髮」是與羅雷情誼的證明，又如何能不悲嘆？

然而出乎意料的是，羅雷竟然反駁他：

『杜蘭！金髮可不是叛徒啊！』

「什……」

『先背叛對方的人，是你前幾代的祖先！』

聽到這句話，除了杜蘭，護衛和律爾等人也訝異不已。聽說幾代之前的海格納，王位之爭非常激烈。

『那的確是用髮色決定繼位者的時代。可是奴要求過好幾次，要他們別這樣了！』

羅雷不希望律爾的子孫因為這種事爭吵。但事態越演越烈，金髮一族紛紛被帶往別處。

『因為跟奴的顏色不一樣，就流放那些人的是你們！汀巴爾的人根本沒做錯什麼！』

「您……您說什麼……」

『為什麼人類這麼拘泥顏色！奴就是奴啊！』

不過羅雷也明白他們只是喜愛牠的顏色，事態才會演變成這樣，只能哭喊著牠很傷心。

「汀巴爾的王族……不是叛徒？」

杜蘭陷入極度的混亂。洞悉一切的沃爾喃喃說道：

「是你們的祖先說『既然跟羅雷顏色不同，去找別的精靈就行了』，把人趕出去嘍。」

「噢，這麼一說好像是耶。後來那些人真的去有很多精靈目擊情報的山丘尋找精靈了。」

雙女神回想起這件事，這麼說著。

當時羅雷的力量還很弱，無法保全那些王族；他們也認為自己已被拋棄而死心，期望能遇見新的精靈。

如今有人告知海格納和汀巴爾之間的不合起因於誤會，杜蘭皺著眉頭，一手壓著太陽穴，似乎對這個事實感到頭疼。

事情的開端源於在海格納國出生的王族中，對與生俱來是金髮之人的待遇。

在精靈信仰興盛的國家內，有條規定是「與精靈締結契約的人，就會成為國王」。

律爾之後的歷任國王都跟羅雷染上相同的顏色，因此他們反覆與棕髮，甚至黑髮之人結婚，把自己的髮色從金色變成黑色。

後來經過長久歲月，人們自行編造出「受到黑貓羅雷庇佑之人，生來就會是黑髮」這一概念。

然而不管怎麼做，就是會生出金髮之人。因此他們主張「不是黑髮的人，並未受到羅雷的庇佑，也沒有那個資格」，就這麼企圖獨占羅雷的契約。

「沒有受到羅雷的庇佑而被放逐的金髮王族們，誤會自己被羅雷捨棄，所以轉而尋求新的精靈。結果真的有人成功締結契約了。」

「難道……就因為這樣，把汀巴爾王族當成叛徒？」

「艾倫，妳說得沒錯喲。他們大吼汀巴爾王族倒戈其他精靈，背叛了羅雷。對他們來說，用這個說詞斷絕關係想必很正當吧。」

沃爾說著，聳了聳肩。華爾則是傻眼地說：「人類真的很會找理由耶。」

海格納王族害怕羅雷替被放逐的王族著想，對自己心灰意冷，因此向羅雷報告：「他們成了叛徒。」

一旦聽到景仰自己的人離開了，又在新的土地和新的精靈締結契約，羅雷的確無法再說些什麼。

海格納王族就這樣不提自己的失德，將有利於自己的歷史代代傳承下去。

然而兩百年前的魔物風暴之後，人們開始傳言汀巴爾的王族無法與精靈締結契約。

其中也有人說，因為汀巴爾的王族惹怒精靈，才會引發魔物風暴。

在這樣的情況下，他們終於在幾年前確定汀巴爾王族冒犯精靈，結果被詛咒的事實。

歷史被改成對他們有利的模樣，現在鄰國又自己印證了這件事。

但另一方面，海格納國也在十八年前，發生了難保不會撼動國家的事件——那就是王族

生出了一個金髮孩子。

父王和王妃都是黑髮，不可能會生出的金髮孩子，從此被指為不祥。

最後在十二年前，事件終於發生。

國內傳出國王、側妃和金髮的孩子一起發生意外身亡的訃聞。羅雷從此之後消失無蹤。

杜蘭世襲上位，成了年輕的國王，失去精靈庇佑的傳言卻煞有其事地傳出。

自從不可能出生的金髮孩子出生後，海格納國便充滿了火藥味。

同時，羅雷都消失無蹤了，鄰國汀巴爾卻出現一名與大精靈締結契約的英雄。

他們明明如此愛著精靈，為何身邊卻沒有精靈陪伴呢？國民這樣的不滿全數撲向杜蘭。

他該把這些攻擊轉移到哪裡呢？剛好鄰國有被詛咒的汀巴爾王族。為了將國民的不滿轉嫁至他們身上，現在這種狀況對杜蘭來說想必剛好。

「這個國家從以前開始，就總是把對自己不利的狀況全丟給鄰國。」

正因沃爾洞悉一切，這句話的分量才顯得與眾不同。她將事實塞到杜蘭眼前，告訴他這才是真相。

「…………」

杜蘭原本眉頭深鎖，不發一語聽著這些話，現在卻開了口：

「然而汀巴爾長年監禁大精靈，一直以殘忍的行徑對待精靈，結果被詛咒是事實。」

他大概是派遣密探，打聽到汀巴爾的內情，又或者是直接從艾米爾嘴裡聽見的。

聽了杜蘭的話，艾倫面無表情地說：「沒錯。」

「我們長久以來都與羅雷大人共存。對信仰精靈的我們來說，視犯下如此行徑的汀巴爾為敵人，何錯之有？」

杜蘭主張精靈的敵人就是我們的敵人。艾倫聽了卻直接說：

「監禁亞克哥哥和汀巴爾的詛咒……與你沒有半點關係。」

「什……」

「這是我們精靈和汀巴爾王族的問題啊，你為什麼要從旁干涉？」

聽到艾倫說得如此直接了當，雙女神不禁發出尖叫：「呀～～！」

「說得這麼直接，太爽快了！真不愧是奧莉珍的孩子！」

「說得這麼明白，太爽快了！真不愧是羅威爾的孩子！」

艾倫無視於雙女神興奮的模樣，冷冰冰地繼續對杜蘭說道：

「你可能想表達自己是精靈的夥伴。可是當你忽視羅雷的心情，把自己的想法強加在牠身上，甚至想加害牠重視的人時，還有辦法說自己是夥伴嗎？」

站在羅雷的角度，杜蘭對羅雷的所作所為等同於反咬牠一口。

羅雷不知道杜蘭為什麼要這麼做，反而深深覺得自己被杜蘭背叛了。

所以為了保護律爾，牠才會和律爾一起消失。

「這……怎麼會……」

杜蘭深信是羅雷背叛自己，根本沒想到自己才是叛徒吧。他的聲音沙啞，看得出心很慌。

「你嘴上說是為了精靈，結果根本只想到自己。口口聲聲說與精靈共存，其實只想著要怎麼利用精靈。」

「我沒有！我……我一直崇敬羅雷大人。但為什麼羅雷大人選的人不是我！」

杜蘭的這句話想必是發自內心吧。正因羅雷和艾雷了解這一點，才會開口袒護他：

『公主殿下，請您別責怪杜蘭。杜蘭會扭曲都是奴造成的，請您責罰奴吧。』

艾雷哭著對艾倫低頭賠罪。眼見此景，杜蘭心生動搖。

「為……為什麼艾雷大人要……」

「因為艾雷覺得是牠奪走羅雷關注你的機會。」

『不對……不對！是奴……不好的是奴！都怪奴沉浸在懷念之中，忽略了杜蘭……』

「…………」

杜蘭看著羅雷和艾雷，愣在原地。

自己長年敬仰的精靈，現在為了自己而低頭請求艾倫原諒。

「所以他奪走羅雷思念的人是當然的？他可以把我的爸爸當成活祭品？把無關的艾米爾逼到絕境……還說賈迪爾死掉理所當然？」

艾倫的周圍再度發出火花。亞克見狀「啊」了一聲。

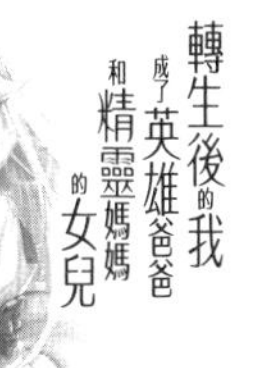

「艾倫，太強了。」

他急忙改變四周的魔素濃度，讓火花不再出現，然而艾倫的怒氣依舊更勝一籌。

雙女神看到艾倫的怒氣，困惑地開口：「哎……哎呀……？」

艾倫比想像中還要憤怒。雙女神面面相覷，不知該如何是好。

「為了自己，你擅自決定旁人的價值，煽動別人，把爸爸他們捲進來……難道你覺得道歉就能獲得原諒嗎？」

對艾倫來說，杜蘭出生之前的事與內情都和她無關。

她的家人被捲進這件事，身邊的人也受到不合理的傷害。無論有多少理由，她都不打算原諒對方。

艾倫唯一不能忍受的，就是家人和身邊的人受到傷害。

「艾、艾倫……？」

華爾疑惑不已。

這是當然的，因為艾倫面帶微笑，卻散發徹骨的冷意。

「嘗嘗重要之人被奪走的痛楚吧。」

艾倫說完，使用了力量。

她以前曾經干涉過華爾的定罪之力，擁有當時的經驗，以及新獲得的淨化之力，同時更反過來利用她已經解析的詛咒。

艾倫身上散發的光芒直擊杜蘭右手。

「唔、唔啊啊啊啊啊！」

杜蘭痛得大叫，抓著自己的右手跪地。

面對這個突如其來的狀況，護衛們大叫：「陛下！」並圍著杜蘭，全慌成一團。在場的人包括精靈，都不知道發生了什麼事。

杜蘭也不解自己的右手怎麼會突然發出劇烈痛楚。

當他定睛看向自己的右手，只見因為暗影的觸手而燒爛的傷口變成黑色，不斷擴大。

『你、你的手……是保護奴時傷到的！』

羅雷大叫出聲，艾雷也察覺到了。

『怎麼會……那東西不是被奴們趕跑了……！』

羅雷和艾雷合力驅散的暗影觸手造成的傷勢，就像詛咒復活一樣，令人畏懼地在杜蘭的右手擴散。

接著，黑色的荊棘自觸手攀附在手上造成的傷痕中蔓延，纏上整隻右臂。

那荊棘的模樣不陌生——是華爾的定罪。

「女神的定罪？」

「難道是我的？」

華爾驚愕不已。沃爾詢問是不是華爾定的罪，她卻搖搖頭否定，說不是她做的。

聽到「定罪」二字，杜蘭以訝異的目光看著艾倫。

華爾的定罪是針對對感情不忠之人，頂多讓他們今後無法靠近異性。艾倫卻利用這個機制，讓杜蘭無法靠近特定的人。

『怎麼會……』

羅雷似乎有所察覺，全身不停顫抖。

羅雷臉色發青，盯著杜蘭。杜蘭則是想著艾倫剛才說的「重要之人」而渾身顫慄，喃喃開口：「難道……」

「羅、羅雷大人……！」

『杜蘭！你不要靠近奴！』

面對羅雷突然抗拒的言語，杜蘭的臉上盡是絕望。

『為什……為什麼啊！公主應該淨化了詛咒啊……！』

艾倫靜靜開口回答艾雷：

「媽媽以前尋找過和羅雷的力量連在一起的律爾先生靈魂。」

她以冰冷的眼眸看著杜蘭。

「換句話說，魔素擁有個別情報。所以我配合華爾姊姊的力量機制，把羅雷的情報刻在他的身上。」

『杜蘭的這個……不是詛咒嗎？』

「不是。」

艾倫斷然否定，但羅雷依舊難以置信地看著杜蘭的右手。

「羅雷大人……」

杜蘭的態度驟變，護衛見狀，個個一臉不解。原本精明的國王，現在卻一副失魂落魄、迷失方向的模樣。

見在場的人都不知道發生了什麼事，雙女神以清楚的口吻說：

「艾倫學我進行了定罪耶！」

「艾倫，妳是怎麼辦到的！太厲害了！」

女神礙於制約而無法干涉其他女神的力量，照理來說是無法顛覆的準則，艾倫卻越過這個準則，使用了力量。

所謂女神的制約，是為了避免妨礙、干擾到其他女神的力量而設定的準則。

艾倫不過是助長那份力量，改變力量的目標，往自己想要的地方去罷了。

她原本只是隱約理解可以把力量置換成情報，加以操縱。但包含這次淨化，她總算可以肯定。

沃爾很在意艾倫刻意只鎖定羅雷不能靠近，因此看了未來。當她明白理由，這才喃喃說：「原來如此……」

「艾倫果然是艾倫，不會偏袒精靈，也不會偏袒人類。」

「就是呀。分得這麼清楚，真是爽快。」

現場只有女神和精靈知曉狀況。此時始終不說話的律爾，針對現狀開口了。

「不好意思，請問……妳對王兄做了什麼……？」

律爾戰戰兢兢地問道。艾倫冷冷地看著杜蘭，回答：「我只是讓他無法靠近罷了。」

當旁人看到羅雷叫著不要靠近牠的態度，瞬間理解無法靠近的對象是羅雷，卻又困惑不已，覺得只是這樣嗎？

然而以杜蘭為首，護衛們卻明白那代表著什麼。

「陛……陛下不能靠近羅雷大人……？」

國王被象徵國家的羅雷拒絕了。一旦教會和國民知道國王惹怒女神，直接受到定罪，杜蘭將是死罪，好一點則是放逐。

海格納國就是如此敬仰精靈——硬要說的話，應該是敬仰羅雷。

「怎……怎麼會這樣……」

近侍奧加斯對未來悲觀不已，忍不住哀嘆。面對愴然若失的海格納人，雙女神以開朗的口吻事不關己地表示：

「既然懲罰也告一段落，我們就先回去了。我們在精靈城等妳喲。」

「是呀。艾倫，辛苦妳了。」

雙女神說完便轉移消失。

「好了，我們也回去吧。我很掛心羅威爾哥哥他們。」

「……好。」

當艾倫聽到里希特這麼說並點頭的瞬間，便和亞克一起轉移到精靈城。凡也把凱送回凡克萊福特領了。

＊

現場只剩下羅雷、艾雷、律爾以及杜蘭等人。

杜蘭抓著被艾倫定罪的右手，跪在地上，失神地動也不動。

「……王兄。」

當律爾靜靜地呼喚杜蘭，他這才緩緩抬頭，看著律爾。

「你該感謝艾倫公主，這麼簡單就放過你了。」

「你說……什麼？」

杜蘭的臉瞬間染上憤怒的色彩，後方的護衛們也以飽含殺氣的眼神瞪著律爾。

「你果然不祥，是會危害陛下的存在……！」

見奧加斯舉劍對著律爾，羅雷和艾雷跳到律爾面前，場面瞬間籠罩在緊張之中。

『還不住手！』

羅雷這麼叫道。杜蘭和奧加斯因此瑟縮雙肩。

『公主殿下已經大發慈悲，只做了這麼一點懲罰啊……！』

艾倫為何會只針對杜蘭，鎖定羅雷作為定罪內容呢？

『奴沒有想到……原來奴的存在對你們而言已經如此不可或缺了……奴很抱歉……』

羅雷說著，潸然淚下。

「羅雷大人……」

羅雷一直只著眼於這個國家——硬要說的話，是只著眼於律爾的子孫。

牠並未發現人們敬仰牠，強烈希望牠出現在國王面前的意義為何。

『杜蘭犯下的罪非常嚴重，奴也是。憑奴的主人，便可輕易讓這個國家陷入黑暗當中。他們卻沒有這麼做……』

「為了消滅這個國家，有許多大精靈都在上空待命。」

聽到律爾這番話，杜蘭蹙眉，簡直難以置信。

「什麼……？」

「王兄，你就是如此觸怒了艾倫公主……觸怒了女神們。」

他把不能惹的人惹怒至此。對立於精靈頂點的女神之女出手，光是還能活命就該感激了，

「被羅雷大人拒絕的我……已經……！」

聽到杜蘭這麼叫道，律爾埋藏在心中的憤怒一舉爆發。

「你奪走了我的父王和母妃！接二連三奪走我重要的人事物，結果自己被奪走一件東西就這麼狼狽嗎！」

「什……」

「艾倫公主說過，你該親身體會被掠奪的痛苦！東西被人奪走會有多痛……你該嘗嘗他人的痛楚！」

律爾抱起羅雷，說了聲：「走吧。」當羅雷拜託艾雷使用力量轉移後，現場便只剩下杜蘭和他的護衛。

此時，杜蘭想起汀巴爾國王的變化。

他聽說拉比西耶爾對精靈公主下手，遭到報復後，個性因此變得溫厚。

（但這可不是一件簡單的事……）

杜蘭一臉鐵青，明白自己如今已經四面楚歌。

此刻一旦走錯一步，等著他的就只有「死」。

他因此產生一種錯覺，以統治世界的女神為首，大精靈們彷彿都圍在身邊瞪著他。

就像暗指他們隨時可以摘下他的腦袋，況且他們會摘的腦袋也不一定只有他一顆。拉比西耶爾遭到報復之後，想必也和他現在有著相同感受吧。

他因為對方的外表而輕看她只是個孩子，觸碰到女神的逆鱗，這才知道自己有多麼愚

蠢。

拉比西耶爾也是為了活下來，不得不改變吧。

第六十五話　選定靈魂

艾倫回到精靈城後，馬上發現站在水鏡之間前的羅威爾。一旁還有坐在椅子上的奧莉珍，和早一步回來的雙女神。

「艾倫！」

見羅威爾跑來，艾倫從亞克的臂膀上轉移至羅威爾面前。她就這樣緊緊環抱羅威爾的脖子，羅威爾也回抱著艾倫。

「幸好妳平安無事……！」

「爸爸！」

羅威爾緊抱艾倫，令她感到難受。但她也不想輸給羅威爾，雙手用力地緊摟著羅威爾。

羅威爾的大掌捧著艾倫的後腦杓，並親吻她的髮絲。看到羅威爾平安無事，艾倫在放心之餘，眼淚就像潰堤般不斷湧出。

也因為剛才大哭過，艾倫的眼睛已經一片通紅。

「居然哭成這樣……」

羅威爾撩起因淚水而黏在臉上的髮絲，露出艾倫的臉蛋，接著又輕輕落下一吻。

艾倫宛如回到孩提時候鬧脾氣那樣，額頭不斷磨蹭羅威爾的肩膀撒嬌。

羅威爾像是要梳理艾倫的頭髮，撫摸著她的頭，那股暖意令艾倫放下心來，不禁開始覺得疲困。由此可見她就是如此緊繃而疲勞。

「艾倫，我們還有事要談，妳可以嗎？」

「對不起喔，我們知道妳很累，再加把勁吧。」

雙女神這麼說著，艾倫於是緩緩抬起頭。

「好……」

「艾倫已經累了啊！」

羅威爾頗有微詞，艾倫卻嫣然一笑，說了聲「我沒事」，便從羅威爾的懷裡轉移離開。

艾倫的模樣在羅威爾眼裡顯得有些成熟，讓他猛然回神，望著她的背影。

他放下本想阻止艾倫的手，握緊拳頭。

「我們有女神之間的話要說，就移動到我的空間吧。」

「我也把小少爺帶去哦。」

「好，拜託妳了。艾倫，我們走吧。」

「好……好的。」

聽到沃爾這麼說，艾倫不禁開始緊張。她說的空間會是哪裡呢？

＊

雙女神無視艾倫的疑惑，馬上帶著她轉移前往的地點，是片雪白的世界。

在這裡，腳下的浮遊感會讓人產生站在水面上的錯覺。

（感覺好像烏尤尼鹽湖……可是這裡什麼都沒有……）

艾倫左右環視周遭，奧莉珍也轉移過來，輕輕抱著她。

「妳回來了。艾倫，妳很努力喔。」

「媽媽……嗯，我回來了。」

艾倫瞇起眼睛笑道，奧莉珍也在她的額頭上落下一吻。

「我聽說妳選定了靈魂。關於這件事，我有話要說。」

「好……好的……」

選定靈魂。

艾倫保護艾米爾的靈魂，將其納入體內，似乎就叫做選定靈魂。

她並沒有選定靈魂的自覺，因此只覺得不安，不知道是不是做了什麼不該做的事。

此時，雙女神把浮在半空中的賈迪爾帶了過來。

他被放在一個很像透明大氣球的球體中飄浮，眼睛依舊沒有睜開。

「賈迪爾！」

「艾倫，沒事的。」

艾倫急得亂了方寸，在沃爾的提醒下才深呼吸，想辦法讓自己冷靜。

她輕輕把手放在賈迪爾飄浮的球體上。看來這是結界魔法。

「精靈界的魔素濃度對人類來說太濃，是一種毒。這是為了保護小少爺不被毒侵害的存在喲。」

「這樣啊……」

見艾倫憂心地望著賈迪爾，華爾開口解釋。

「艾倫，妳知道再這樣下去，小少爺會死掉吧？」

「…………」

艾倫瞬間覺得自己的心臟被揪住了。華爾看到艾倫的臉皺成一團，彷彿下一秒就會哭出來，不禁慌了手腳。

「啊，艾倫，妳別哭。有辦法可以救他。」

「真的嗎……？」

「可是呢，要不要接受這個辦法，就要看小少爺了。如果他想活下去，妳未來便必須和他一起走下去。」

「咦……？」

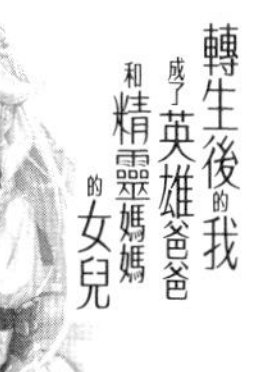

這句話令人費解，艾倫臉上寫滿了困惑。

「我們已經請掌管夢境的大精靈做了準備。若要解釋這件事，就等說服小少爺時一起說吧。你們雙方都得同意才行。」

「好……好的……」

「那麼在準備好之前，先來談談選定吧。」

沃爾說完後，雙女神一起站到艾倫身旁。

「艾倫，妳把壞掉的靈魂放入體內了吧？」

「對……沒錯。」

「女神選擇一個靈魂，並把那個靈魂放入體內——就叫『選定靈魂』。」

「……這就是選定靈魂？」

「沒錯。我們本來是希望跟妳說明清楚之後，再讓妳做這件事……結果妳在我們解釋前就先動手了。」

「的確……對不起。」

「沒關係。畢竟我們都以為還早，所以什麼都沒跟妳說。」

「就是呀。妳不用放在心上喲。」

儘管雙女神都笑吟吟的，事情卻比想像中還要嚴重。

「我們會把靈魂放入體內，孕育出下一代女神。這就是選定靈魂。」

「呃……？」

「艾倫也是這麼出生的喲。」

艾倫的思緒當下一片空白。奧莉珍之所以打從一開始就知道艾倫，正是因為如此吧。

她反射性地回頭望向站在身後的奧莉珍，只見奧莉珍面帶微笑看著她。

「我也是這樣選了妳喲。」

「……所以媽媽才會知道我是轉生者。」

「是啊。照理來說，靈魂一進入體內，記憶就會變成一種枷鎖，所以必須消除才行。妳卻帶著記憶出生了。」

「為什麼……」

「關於這點，原因出在羅威爾身上。」

沃爾帶著嘆息解釋：

「照理來說，選定靈魂後就要受孕，然後生產。當時奧莉珍也做好選定的準備，卻在受孕儀式前與羅威爾相遇，生下了妳。」

「是呀，過程正好跟選定重疊。所以在消除靈魂的記憶前，妳就出生了。」

「咦？什麼？受、受孕……？」

「噢，這點也跟人類不一樣喲。我們女神生產並不需要男人。」

「是呀，不需要。」

「咦？咦咦咦咦！」

艾倫的腦袋混亂到極點，已經快短路了。

轉生前的常識始終妨礙著她理解這究竟是什麼機制。

「呃……請等一下！這麼一來，選定靈魂的我……」

（懷孕了……？）

雙女神和奧莉珍看到艾倫臉色鐵青，立刻明白她在懼怕什麼，咯咯笑著。

「艾倫，放心吧，只選定靈魂並不會受孕喲，否則羅威爾會瘋掉的。」

「就是呀，因為那個靈魂壞了嘛。」

「是呀，因為那個靈魂在睡覺嘛。」

大家都高聲哈哈大笑，艾倫的心臟卻跳個不停，根本無法冷靜。

「而且妳對那個靈魂設下保護網了，所以放心吧。」

「呃……保護網？」

艾倫在緊張之際，抓著自己的胸口。

「哎呀，原來不是刻意的嗎？」

「因為那個靈魂已經殘破不堪了，妳才會設下保護網，以防靈魂壞得更嚴重。」

（這麼一說……）

艾倫確實記得自己如此希望過。

雖說她進行了選定，卻沒想到還有這層意義。

（聖母福音……瑪利亞感孕……？）

難怪這個世界沒有男神。

細問之下，其實似乎還是有男神。艾倫卻得到一句充滿謎團的話語：「我們所在的世界不同。」

（腦袋快短路了……）

她覺得頭有點痛，腦袋已經過度負荷了。

「然後呢，艾倫，關於這個選定的靈魂……」

「是……」

「她已經壞掉了，所以不會成為下一個女神。」

「咦……」

「她大概會在妳的體內持續長眠吧。然而受限於女神制約的妨礙，我實在看不到，所以不知道確切會睡多久……」

「……意思是我出了問題，不能生出下一代女神嗎？」

「嗯，硬要說的話就是這樣吧。」

「不過只要由我們來生就好了，妳不用放在心上喲。」

「咦……？」

「哎呀。」

（感覺好隨便……？）

艾倫不難想像懷孕生子的工程有多浩大，因此更對雙女神的回答感到驚訝。

「我們不知道在妳體內沉睡的靈魂會修復到什麼程度……不對，應該說不知道會修復，還是就這麼消融比較正確。」

「把靈魂放入體內，便必須讓她昇華成能夠勝任女神職責的靈魂。不過既然已經殘破不堪了，這也是莫可奈何的。」

「是呀，所以妳放心吧。」

「除非妳再長大一點，否則這件事真的沒辦法。」

「昇華靈魂也是，妳現在還太小了。」

聽完選定的意義後，艾倫驚訝得腦袋一片空白，無法流暢思考。不過目前應該沒什麼問題吧。

「呃……我知道了……？」

「妳一臉沒搞懂的樣子耶。」

沃爾苦笑，伸出手指戳了戳艾倫的臉頰。

「畢竟妳有著前世的記憶，帶有很強的人類價值觀，這也沒辦法。」

華爾戳了戳她另一側的臉頰。接著兩人一人一邊，開始揉艾倫的臉頰，享受著那份柔軟，讓艾倫很傷腦筋。

「姊姊，妳們要適可而止啦。」

「哎呀，對不起喲。」

「真的很對不起喲。妳的臉頰好軟，會揉上癮呢。」

儘管她們解釋得相當平和，但艾倫所做的事應該是個大麻煩吧。

選定靈魂也是身為女神的職責，是一種為了支撐這個世界的機制。

（即使被罵自作主張，我也不能反駁……但我知道她們依舊在等我冷靜下來。）

雙女神和奧莉珍都溫柔地守候著她，她們的存在對艾倫而言是救贖。

此時，沃爾突然抬起頭，似乎正和某人使用念話交談。

「準備好像完成了。接下來就來處理小少爺吧。」

沃爾說著拍起雙手，發出啪啪聲響。下一秒，一名彷彿隨時會睡著的大精靈便轉移到這個空間。

他穿著……難以說是蓬鬆睡衣的服裝，不時抓著頭搖晃。

看他不斷打呵欠，想必很睏吧。

那身蓬鬆的睡衣看起來也像綿羊玩偶裝，因此看不出他的體型。再加上他拉起帽兜，甚至不知道是男是女。

「我來介紹，這是我的眷屬，掌管夢境的精靈，名叫綴特拉。」

沃爾介紹完，這個名為綴特拉的精靈便不發一語地對著艾倫舉手致意。

「請、請多指教。」

艾倫低頭問好，綴特拉見狀也跟著低頭。

「他會帶我們前往小少爺的夢境之中。他很吵，所以不管他說什麼都不用理會，沒關係喲。」

綴特拉再度不發一語地舉起手，像是在說「包在我身上」，看起來卻非常疲倦，眼睛甚至已經半閉，和幹勁完全成反比。

「……很吵？」

「他只有在夢裡才會變得很健談。如果他有想說的話，就會擅自潛入夢境之中，所以妳要小心喲。」

「呃……？」

這該怎麼小心才好？

艾倫原本還很不解，結果二話不說馬上就被帶到夢境之中。

原本一片雪白的景色，瞬間變成彷彿有漆黑雜訊縱橫的景色。見視野變成一片漆黑，艾倫嚇了一跳，但奧莉珍將雙手放在她的肩膀上，她知道自己並非一個人。

「媽……媽媽……？這是……」

這是艾倫第一次保有意識地前往夢境之中，不禁害怕地縮起身子。

「艾倫，沒事的。小綴帶我們來到小少爺的夢境裡了。」

奧莉珍笑嘻嘻地這麼說完，艾倫的身體也隨之發光。她環視周遭，只見奧莉珍和雙女神也發出光芒。

「妳好我好大家好——！艾倫公主！歡迎來到我的夢～～！嗚嘿嘿！」

突然聽見這道開朗的聲音，艾倫不禁抖了抖肩膀。

她往發出聲音的方向看去。只見剛才仍一臉倦容的綴特拉，在夢中卻是一副活潑開朗的樣貌，身體不斷左右搖晃著。

「我是綴特拉，妳好啊～～！下次請務必也讓我進入妳的……啊！」

「討厭，綴特拉你就是話太多了，快點辦事。」

「啊……啊！怎麼這麼不講理～～！」

沃爾搔著綴特拉的腋下，他只能「嗚嘿嘿」地笑著扭動身體，並使用魔法。

賈迪爾的身影倏地出現在前方。艾倫「啊」了一聲。

「賈迪爾！」

「呃……艾倫……？」

賈迪爾見到艾倫，訝異不已。

「為什麼艾倫會……這是夢嗎……？」

「這是你的夢，我是有話想跟你說才會跑來的。」

聽到艾倫特地來見自己，賈迪爾的臉瞬間刷紅了。

「怎麼會有這麼好的夢……」

他單手遮著臉，臉都紅到耳根子了，不禁低著頭。這副模樣看起來跟陷入昏迷的他不同，毫無異常。

然而現實是殘酷的。此時此刻，賈迪爾的生命依舊一點一滴邁向盡頭。

想起這件事的艾倫心臟縮成一團，眼淚也自雙眼流出。

「艾、艾倫！」

見她突然哭泣，賈迪爾本想上前安慰，卻頓了一下而停在原地。看來他是擔心詛咒會因此發動。

但艾倫不顧賈迪爾的顧慮，主動走上前。

儘管賈迪爾訝異不已，艾倫卻不斷捶打著他的腹部。

「艾、艾倫？呃，妳怎麼……」

賈迪爾心中滿是疑惑，但似乎把眼前發生的事當成一場美夢，戰戰兢兢地將手搭上依舊捶打著自己腹部的艾倫雙肩，稍微推開了她。

當他看到艾倫一臉不悅地直掉淚，不禁「嗚……」了一聲。

「你為什麼……要救我……噎……你明明……不能救我……！」

艾倫不斷嗚咽。雖然賈迪爾起初仍一愣一愣的，最後卻溫柔地笑道：

「那妳沒事嗎？」

他溫柔地詢問。艾倫一邊擦淚，一邊點頭。

「因為我想救妳……我只能這麼說了。」

幸好妳沒事——賈迪爾笑著這麼說道。艾倫卻開始大哭。

她現在已經顧不得說話了。賈迪爾看到艾倫嚎啕大哭，心中盡是不解，也不知道該怎麼辦才好。

即使明瞭這是夢境，他依舊覺得自己不能觸碰艾倫，兩手因此在半空中倉皇地擺動。

見賈迪爾這副模樣，雙女神主動開口了。

「小少爺，幸會。謝謝你救了艾倫。」

「小少爺，幸會。你比想像中還有精神耶。」

「呃……啊，我、我叫賈迪爾·拉爾·汀巴爾。」

突然有兩個妖豔的女性現身，賈迪爾瞪大了眼睛。但不知是否教養得相當確實，他反射而禮貌性地自我介紹。

「我知道～～！你真有規矩耶。」

「我認識你～～！你真是個乖孩子耶。」

華爾和沃爾邊笑邊站到左右兩側，撫摸著賈迪爾的頭。

艾倫就在他的面前哭泣。包夾在中間的賈迪爾已經不知該如何是好，整個人定格在原

地。

「謝謝你救了我的女兒。你的靈魂這麼純淨，讓人難以想像是那個王族的後裔呢。」

我的女兒——賈迪爾聽到這個詞，不禁「咦」地叫了出來。

「……您是精靈女王奧莉珍……嗎？」

「沒錯。站在你左右兩邊的，是我的姊姊們。」

「我是華爾喲。」

「我是沃爾喲。」

「你好你好～～！被詛咒的王子～～！我是……啊！」

「綴特拉，你已經沒用嘍。」

「啊——！太不講理啦啊啊啊啊～～～～………」

沃爾毫不留情地把綴特拉彈出夢裡。賈迪爾看到綴特拉瞬間就消失不見，心中只覺得莫名其妙，同時臉色也漸漸發青。

看到沃爾毫不留情的模樣，大概讓他瞬間感受到不能忤逆對方了。

「女王陛下的尊姊……是雙女神大人嗎？」

「說對了喲，小少爺。」

「正是如此，小少爺。」

華爾和沃爾呵呵笑著，然後換成包夾艾倫，開始搓揉她的臉頰。

「艾倫，不可以一直哭喲。」

「就是呀，妳要好好道謝才行喲。」

「好……好的……」

見艾倫直掉淚，賈迪爾阻止了她。

「妳不用道謝。這是我的自我滿足……」

「即使如此，你依舊救了艾倫呀。所以她才能履行身為女神的職責。」

「對，沒錯。謝謝你救了艾倫。」

「……謝謝你，賈迪爾。」

「是、是這樣……嗎？」

受到艾倫道謝，賈迪爾顯得很害羞。現場氣氛非常柔和，雙女神卻笑著對賈迪爾這麼說：

「然後呀，你再這樣下去就會死掉。」

「是呀，你再這樣下去就要死掉了。」

「……咦？」

突然有人笑著拋出殘酷的話語，賈迪爾不禁僵在原地。

「接下來你要為了存活而做出選擇。」

「是死是活就看你了。」

賈迪爾跟不上她們所說的話語，心中的困惑表露無遺，眼神也不斷游移。

「雖然羅威爾的結界和我的孩子們保護你不被變質的詛咒侵害，卻仍有極限。」

奧莉珍開始向賈迪爾解釋。

「詛咒的本質是魔素之力……而你就和詛咒連接在一起。這點羅威爾有解釋過吧？」

「……是的，我聽說了。」

「我的孩子們雖然保護了你，卻也被詛咒吸收。結果你的靈魂也一起受到影響，自身體剝離。」

「剝……剝離？」

「你的身體和靈魂因為外力被強制剝離。你的靈魂有羅威爾的結界之力作為標記，所以只成功回收了你的靈魂。」

「那麼……我能回到自己的身體裡嗎？」

賈迪爾以顫抖的聲音詢問，但奧莉珍搖了搖頭。

他的臉色瞬間刷白，無力地說：「這樣……啊……」

「哎呀，現在放棄還太早嘍。再這樣下去是會死沒錯，不過有辦法得救喲。」

「是呀，我們就是為此才準備好獎勵的嘛。」

華爾和沃爾的嗓音十分開朗。儘管賈迪爾有些恍惚，還是不解地反問：「獎勵……嗎？」

「因為你救了艾倫呀！當然要大力獎賞嘍！」

「對，沒錯！不過代價也很大喲。」

「代價……？」

奧莉珍對賈迪爾說，這是他救了艾倫的謝禮。

「代價是你身為人類的生命。你會變得無法和人界有過多牽扯。你可以接受自己像羅威爾那樣成為半精靈，然後跟艾倫締結契約嗎？」

聽到這句話，艾倫和賈迪爾都是一陣驚訝，肩膀因此抖了一下。

「賈、賈迪爾要變成半精靈……？」

「我可以跟艾倫締結契約嗎？」

雙方在意的點完全不同。

見艾倫和賈迪爾露出意外的表情面面相覷，從頭看到尾的奧莉珍和雙女神大笑出聲，笑聲頓時迴盪在四周。

艾倫的臉上寫滿了訝異。聽到如果要救賈迪爾，他就必須成為半精靈，她的腦中不禁掠過其風險。

因為儘管她有羅威爾這個親人，卻知道他總是被夾在人界的家人和精靈之間，非常煩惱。

「賈迪爾，你不抗拒成為半精靈嗎……？」

艾倫忍不住這麼問。賈迪爾愣愣地說：

「或許是因為一直看著羅威爾閣下吧，我不怎麼抗拒呢。」

「你要跟精靈一起活在悠久的時光中喔。得跟人界的家人……就是……」

她實在難以說出要賈迪爾成為站在一直看著生離死別這邊的人。

「……正因為身為王族，我早就做好死亡的覺悟了。」

「咦……？」

「不知道陛下何時會駕崩……我自己遭到暗殺的可能性，以及或許弟妹們會被人盯上——這樣的不安一直如影隨形。」

況且……聽到賈迪爾接下來說出的話，艾倫的心頭頓時一緊。

「當我來到海格納之際，也做好會死的心理準備了。」

「怎麼會！」

聽他這麼一說，艾倫頓時想起海格納的王曾說過，賈迪爾並非來迎接艾米爾回國，而是來殺她的。

他一直懷抱諸多覺悟，到場執行每件事。只要稍微思考他的處境，就會知道這點。

或許當時負責保護賈迪爾的索沃爾和羅威爾他們，才是最靠近死亡的人。

然而每個人都抱著覺悟前往那裡。艾倫重新細想起來，胸口像是被勒緊一般。

索沃爾和羅威爾平安無事，賈迪爾如今卻站在死亡邊緣。儘管有得救的可能，到頭來依

舊是結果論。

艾倫的心頭不斷湧出各種思緒。見她的眼眶又滲出淚水，賈迪爾不禁倉皇失措。

「艾倫，妳別哭。」

他戰戰兢兢地伸出手，要替艾倫擦拭眼淚。

當他的手指輕輕碰觸到她的臉頰，留在指尖的濕潤感令他相當訝異。

「眼淚……」

賈迪爾一直以為這是夢，結果更加混亂了。

「為了和你說話，我才會進入你的夢中……」

「這是……夢嗎？」

「雖然是夢，我和媽媽她們在這裡卻是真的喔。」

「這樣……嗎？算了，無論如何，我都很高興喔。」

艾倫忍不住抬頭看向賈迪爾。只見他露出開心的微笑。

「即使是我自私的美夢，能和妳說話、能觸碰到妳，都讓我相當開心。」

「賈迪爾……」

「我一直都想像這樣跟妳說話，一直很憧憬精靈。由於之前看不見，雖說我當時還小……卻也對妳做了很殘忍的事。」

「不會……沒關係喔。」

「知道精靈憎恨我們，我被迫重新體認到自己的立場……即使如此，我依舊想和妳說話。」

「賈迪爾……」

「當妳跟我說，只要不動到妳的家人，妳就願意跟我說話時，我真的好高興。無論理由是什麼，我都有機會跟妳說話了，我興奮得不得了。」

「是這樣嗎？」

「是啊，當然。啊……感覺好怪。一想到這是夢，我就能用輕鬆的心態地跟妳說話呢。」

賈迪爾頂著刷紅的臉，瞇起眼睛望著艾倫。

艾倫看到那副表情，在驚訝之餘，這才發現自己不再流淚。

賈迪爾擦乾留在艾倫眼角的淚水，彼此就這麼默默地四目相交。此時，艾倫發現賈迪爾的眼神閃爍著不安。

「艾倫呢……妳會討厭跟我締結契約嗎？」

「咦？」

「我變成半精靈，然後跟妳締結契約……妳果然不願意嗎？」

他身為汀巴爾的王族，因此認為艾倫討厭他吧。

艾倫察覺賈迪爾的心思，急忙搖頭否認。

「沒有，你誤會了。我是因為一直看著爸爸……才覺得有點不安，不知道這樣好不好……」

「那締結契約呢？」

「這個……我……」

艾倫躲開賈迪爾的視線，含糊其詞。賈迪爾見狀，不禁湧現不安。

「因、因為……我沒跟人締結過契約……不太懂這些……你真的要選我嗎……」

她有些不安地說完後，賈迪爾訝異地瞪大眼睛。

「意思是……妳並不是討厭跟我締結契約嗎？」

「咦？我、我不討厭啊……」

然而有能力的大精靈比比皆是。

倘若賈迪爾憧憬精靈，艾倫認為他應該要像羅威爾那樣，選擇戰鬥能力強的精靈。

艾倫老實這麼表示後，只見賈迪爾一臉開心地說：「我就要妳。」

看到他的笑容，艾倫感到臉頰隱隱泛熱。

她覺得很難為情，甚至沒辦法好好看著賈迪爾。

看到艾倫的反應，賈迪爾也跟著害羞了起來。雙方陷入沉默，不斷重複偷看對方而後害羞的戲碼。

「嗚……艾倫，真是太好了……」

「哎～呀……太棒了……」

聽到雙女神的細語，艾倫嚇得聳動雙肩。

（我、我都忘了！大家都在啊……！）

艾倫的臉整個漲紅，本想說些什麼，嘴巴卻只是一開一闔，沒有發出聲音。

賈迪爾也「啊」了一聲，害羞不已。

「對不起喲，打擾到你們了。你們的模樣讓人看了實在莞爾呢。」

「艾倫，對不起喲。不過還是讓我們解釋一下喲。等我們講完，你們想怎樣就怎樣吧。」

「媽、媽媽！怎、怎樣是哪樣啊？」

艾倫忍不住破音叫道。看到這樣的艾倫，奧莉珍和雙女神都流露欣慰的眼神微笑著。

「雖然你不在乎自己變成半精靈，但不巧的是，我現在懷孕了。」

「那……那真是一樁喜事。恭喜您懷孕。」

話題突然改變。賈迪爾除了感到驚訝，依舊致上祝福。

「哎呀，謝謝你。可是呢，能把你變成半精靈的人就只有我了。」

當奧莉珍說到這裡，艾倫也明白她想說什麼了。

「其實媽媽懷孕的時候，力量不太穩定……」

「是這樣嗎……？」

「是呀。所以大概要半年後，才能把你變成半精靈了。」

「在那之前，賈迪爾不會有事嗎……？」

艾倫心生不安。雙女神卻告訴她：「沒事喲。」

「為了幫助奧莉珍，我們才會在這裡嘛。」

「是呀，沒事的。所以為了維持小少爺的靈魂直到那一天，我們希望你們能締結契約。」

聽完這番話，艾倫點了點頭。不過維持靈魂是什麼意思呢？

沃爾看穿艾倫的疑問，開口解釋：

「靈魂被剝離身體後就再也回不去了。靈魂和身體不再契合，所以要將身體半精靈化，再把靈魂放進那具身體裡……」

「不過如此一來，會變成人類的靈魂無法負荷那具身體。」

「無法負荷……？」

「因為靈魂和身體的力量平衡改變了。靈魂無法負荷，身體也很快就會報銷。」

「那……就跟我現在的狀況一樣嗎？」

艾倫也受到忠告，說她力量的強度和身體強度有落差。想起這件事的她陷入不安。

「沒錯。倘若沒有締結契約，只是擴大身體這個容器，屆時靈魂的力量太小，會被半精靈化的身體侵蝕。說他會變成沒有意志的活死人應該比較好懂吧。」

「噫！」

艾倫聯想到活屍，不禁臉色發青。她在心中暗自發誓，絕不能讓賈迪爾變成那樣。

女神選定靈魂後，讓靈魂寄宿在體內直到受孕，也是基於同樣的理由。都是為了將靈魂保護在女神體內，給予力量後再孕育而出。

「小少爺只要跟艾倫締結契約，女神的力量就會保護他的靈魂，達到像膠水一樣的作用。畢竟他的身體會由女神製作，如果締結契約的對象並非女神，力量會配不上呢。」

「所以……才要我做這件事。」

羅威爾成了半精靈後，之所以仍和奧莉珍保有契約關係，正是因為如此。

「所以你們快點締結契約吧。我們講話的這段時間，小少爺的靈魂可是越來越危險嘍。」

聽到沃爾這麼說，艾倫不禁心慌不已。

「賈、賈迪爾，你沒事吧？」

「說我危險，但我完全沒有感覺耶。」

賈迪爾在雙眼可見的範圍內從手確認到腳，卻沒有出現什麼異樣。

在艾倫的眼裡，賈迪爾的身體也未見任何異常。

說不定是因為在夢中，才看不出來吧。

「你有哪裡覺得痛嗎？」

「也沒有耶。謝謝妳擔心我。」

「咦？呃……嗯。」

賈迪爾開心地向艾倫道謝，讓她的臉頰又開始發燙。

（嗚……感覺好難為情……）

她再度頂著紅通通的臉，偷偷看向賈迪爾。她沒想到自己竟然無法正眼看著賈迪爾。

（為什麼會這麼難為情啊……）

艾倫捧著發燙的雙頰遮住自己的臉。仔細一看，她的手腕等處也充滿紅潤的血色。看來她連體溫都開始上升了。

「你們再講下去，艾倫就要發燒了，所以快點開始吧。」

看穿艾倫狀態的奧莉珍揶揄道。

儘管艾倫想反駁自己才沒有發燒，賈迪爾卻先急了。

「艾倫才是，妳不要緊吧？」

「我、我沒事啦！」

兩人都在擔心對方。艾倫開始覺得事態有些滑稽。

「我也沒想到能和你這樣說話，可能是太興奮了吧。以後我們要聊很多話喔。」

艾倫咧嘴笑著這麼說完，賈迪爾也開心地點頭同意。

「艾倫……那可不是興奮喲……」

「就是呀……快發現呀……」

雙女神提心吊膽地喃喃說著，卻沒傳進艾倫他們的耳裡。

「啊，不過……締結契約要怎麼做啊？」

艾倫從未做過，所以不知道做法。不安的她忍不住詢問奧莉珍，奧莉珍隨即將手放在艾倫的雙肩上說：「放心吧。」

「閉上眼睛，用心感受。妳在精靈祭時就已經很在意小少爺了吧？」

「咦？」

「精靈祭……？」

賈迪爾的語氣訝異無比。這也是理所當然的。

在詛咒活性化讓他昏倒後，他和弟弟拉蘇耶爾便一同在石碑前不斷對著艾倫訴說著。

「你們當時已經相當在意對方了吧。所謂的契約就是牽起雙方的靈魂喲。我當時也猜可能是這樣，才會警告妳不要幫助人類……然而不管怎樣，會在意就是會在意嘛！」

呵呵呵，我以前也是這樣～～奧莉珍回想起從前，這麼說道。

艾倫的臉慢慢漲紅，賈迪爾則是一臉不解。

「媽、媽媽，妳幹嘛拆穿我啦！」

「哦呵呵呵呵！」

「艾倫，精靈祭……難道妳在場嗎？」

「呃……啊……」

「艾倫她呀，一直在世界不同的石碑內側聽著小少爺你們的聲音……聽到哭喲。」

「哭……」

「艾倫雖然是精靈，又是女神，卻也非常重視人類喲。」

「這樣啊。所以……妳才會願意跟我說話吧。」

「…………」

「艾倫，謝謝妳。我很開心喔。」

「呃……嗯……」

賈迪爾伸出右手，示意他希望艾倫把自己的手放上來。艾倫見狀，畏畏縮縮地把手放上去。

接著，他單腳屈膝，就像騎士宣誓忠誠那樣，親吻艾倫的手背。

那讓艾倫心跳加速，不知該作何反應的她整個人僵在原地。這時賈迪爾抬頭望著艾倫開口：

「艾倫，我知道妳是為了保護我的靈魂，才會跟我締結契約的……但我也想保護妳。」

「賈迪爾……」

「希望妳能允許我陪伴在妳身旁。」

「…………」

艾倫緊緊握住抓著賈迪爾的那隻手。面對她這樣的反應，賈迪爾顯得有些驚訝。

「你已經保護了我喔，謝謝你。」

她以攝人心魂的笑容對賈迪爾道謝。

當下，她的眼眸反射了光線，發出七彩的耀眼光芒。不過這也有可能是眼淚反射的結果。

從前，羅威爾曾炫耀過艾倫那雙神秘的眼眸。賈迪爾想起這件事，不禁看呆了。

緊接著，一道魔法陣自艾倫和賈迪爾牽起的手中展開。

魔法陣將艾倫和賈迪爾以圓圈圍住，開始旋轉。

「契約成立了。我將會一直關注我的女兒——艾倫的契約。」

奧莉珍說完，雙女神也降下祝福：

「洞悉一切的沃爾宣誓將會一直關注。」

「掌管定罪的華爾將會一直關注。可不能花心喲。」

華爾不忘提出忠告，艾倫差點忍不住笑了。

她自然而然明白了，這就是締結契約——聯繫兩個靈魂的契約。

受到女神們的祝福，艾倫開口：

『我是精靈王奧莉珍之女艾倫。我是掌管元素的女神——艾倫！』

隨著艾倫的這句話，她的力量也包圍著賈迪爾。

那股力量就像命運的紅線，串起艾倫與賈迪爾。

艾倫發出光芒，那股龐大的力量將漆黑的夢境瞬間染白。

由於實在太過刺眼，賈迪爾閉上了眼睛。

＊

『……這…………』

當光芒減弱，奧莉珍和雙女神都拍手說著恭喜。

艾倫本以為會有什麼變化，結果似乎沒什麼特別的改變。

「呃……這樣就可以了嗎？」

「是呀，可以了。艾倫，辛苦妳了。」

「好。賈迪爾，已經沒事……」

『……妳。』

「咦？」

好像聽到了什麼聲音，艾倫不禁豎起耳朵。只見發現光芒消退的賈迪爾也跟艾倫說出同樣的話：「契約締結好了嗎……？」

看來他也沒有什麼真實的感受。

『好喜歡妳。』

「咦！」

『我一直好喜歡妳。好高興，沒想到這一天會到來……』

艾倫腦中聽得很清楚，這是賈迪爾的聲音。

『艾倫，我喜歡妳。』

「～～～～唔！」

艾倫全身上下瞬間漲紅，甚至可以聽見「轟隆」的音效。她就這麼盯著賈迪爾。

賈迪爾和奧莉珍她們也發現艾倫不太對勁，全都不解地歪著頭。

『我可以永遠和艾倫在一起。就算是夢，我也沒有任何遺……』

「等一下等一下等一下！這是什麼——！」

全身通紅的艾倫摀住自己的耳朵，突然躲到奧莉珍身後。

賈迪爾的聲音不斷傳入腦中，讓她陷入恐慌。

「啊，對耶。」

「也對，我們都忘了。」

「哎呀哎呀～～」

看到艾倫的模樣，奧莉珍等人似乎總算明白是怎麼了。

賈迪爾忍不住開口詢問，沃爾這才告訴他：「是你的聲音喲。」

「一旦締結契約，靈魂就相連了，所以你的想法都會毫無保留傳給艾倫喲。」

「咦……？」

「小少爺你對艾倫火～熱的感情，全都傳給艾倫嘍。」

「啊……？」

「我想艾倫應該是聽到小少爺的真情告白了吧？」

話說得這麼直白，這回連賈迪爾也全身漲紅了。

「先、先先先等一下……！我的心意……傳給艾倫了！」

「艾倫，妳聽到小少爺什麼心聲啦？」

「～～～～！」

艾倫摀著耳朵直搖頭。她的臉已經紅到熟透，從脖子到手全是一片通紅。

她的眼裡泛出些微淚水，早已無法正眼看著賈迪爾。

看到她這副模樣，每個人心裡都想：「果然聽到了。」

賈迪爾驚愕地瞪大雙眼，卻馬上就進入了狀況。

「我……我不希望艾倫是在這種情況下知道啊……！」

見他一臉快哭出來的樣子，奧莉珍她們不禁有些同情他。

雖說是不可抗力，但未經賈迪爾本人同意就聽到他的心聲，這樣當然不行。

面對滿臉通紅、泫然欲泣的賈迪爾，艾倫以通紅的臉大叫：

「放、放心吧！我會當作沒聽見！」

當作沒聽見似乎也是一大打擊，只見賈迪爾的臉色由紅轉青了。

「咦？」

「艾倫，我覺得妳這樣不行。」

「我知道妳心裡很慌。但既然都聽到了，就要好好回答人家呀。」

雙女神指出艾倫的不是，讓她感到世界開始天旋地轉。

「可、可是……！這要怎麼辦嘛……！」

她已經無法負荷了。

她才剛覺得頭暈，沒注意到身體已經失去重心，只察覺奧莉珍她們突然一陣心慌。

「艾倫！」

奧莉珍急忙伸出手，輕輕抱住艾倫，這才明白她頭暈的理由，不禁「哎呀哎呀」地感嘆了起來。

「果然發燒了呀～」

聽到奧莉珍這麼說，艾倫疑惑地說了聲「奇怪……？」似乎還不知道自己的狀況。

當奧莉珍將手放在艾倫的額頭上，她才感受到奧莉珍的體溫比自己低上許多。

看來她是真的發燒了。

「哎呀，還好嗎？」

「今天真的發生太多事了嘛。」

艾倫回到精靈城時已經顯露疲態了，無論心理還是身體肯定都已經疲憊不堪。

艾倫聽見賈迪爾擔心自己的聲音，她抬起頭來，本想說聲「沒事」，但她的身體和眼皮都重得她無法招架。

「是因為她很累，還勉強跟我締結契約的關係嗎……」

見賈迪爾一臉消沉，雙女神向他解釋艾倫為何會倒下。

「艾倫的身體原本就有極限，使用力量後會這樣也沒辦法。」

「就是呀。一如我們剛才所說的，你在半精靈化之後，靈魂和身體無法契合，艾倫也一樣，她現在力量太強了。」

賈迪爾絲毫不知道艾倫有這種狀況，一臉鐵青。為了讓他放心，雙女神笑著表示：「沒事的喲。」

「等艾倫的身體穩定下來，你們再好好聊聊吧。其實也有辦法不讓你的心聲不斷傳出去。畢竟要是一直聽得見，聽的人要說話也很辛苦。」

「是呀。因為剛才情況緊急，忘記先跟你們說了，對不起喲。」

「不會。各位救了我，我才應該道謝。」

賈迪爾說完，將右手放在胸口，低頭致謝。

若非奧莉珍和雙女神靈機一動，他恐怕無法繼續存活。

雖說要稍微花一點時間，光是還能再見到家人，賈迪爾的表情就放心不少。

雙女神呵呵笑著，一旁的奧莉珍也輕輕抱起艾倫。

見奧莉珍那樣身材纖細的女性竟能抱起艾倫這樣的體重，賈迪爾不禁有些驚訝，雙女神於是從旁解釋：「精靈是非常輕的喲。」

「在你的身體做好之前，我們會慢慢跟你解釋的。還會帶著吵死人的綴特拉來，會很熱鬧喲？」

「好……好的……請問我要一直待在這裡嗎……？」

「這裡是夢境之中，時間一眨眼就過去了。當你醒來，艾倫就會在你眼前嘍。」

「是呀，因為你現在正沉睡著。」

儘管雙女神的解釋令人難以消化，但賈迪爾依舊努力想跟上。不過讓人訝異的事實在太多了，他暫時再也無法負荷。

「這……這樣嗎？」

「小少爺應該也累了吧。靈魂習慣女神之力也需要一段時間，你先休息吧。」

「……好。」

「對了，等艾倫醒來，記得先詢問她的回覆喲。」

「唔？」

面對這句突如其來的話語，賈迪爾驚訝得停住了呼吸。

不斷咳嗽的他這才發現自己明明身處夢裡，卻不知為何會感到難受。看到他臉紅慌張的模樣，沃爾大笑不已。

「艾倫也需要心理準備，你就體諒她吧。」

「好……好的。」

見賈迪爾的臉逐漸漲紅，華爾喃喃說道：

「他跟羅威爾不一樣，是個老實的孩子耶。」

「哎呀，討厭，妳可不能拿他跟羅威爾比喲。羅威爾太乖僻了。」

「也是啦！」

要是羅威爾在場，肯定會大叫：「妳們根本沒資格說我！」

賈迪爾只能以乾笑回應雙女神的話。隨後，女神們便揮手和他道別。

賈迪爾同樣低頭致意。

當他抬起頭來時，女神們已然不在了。

*

當奧莉珍抱著艾倫，從雙女神的空間出來的瞬間，羅威爾立刻大叫：

「艾倫！」

艾倫滿臉通紅，全身癱軟。她並沒有回應羅威爾的叫喊，似乎是已經睡著了。

「親愛的，噓——」

「怎麼了？出了什麼事！」

「她太累，所以發燒了。我帶她去我的寢室休息。」

「知……知道了。我這就把列本和庫立侖帶過去！」

看到羅威爾一臉心急地轉移離開，奧莉珍悄聲說：

「要是羅威爾知道艾倫跟小少爺締結契約，一定會衝過去宰掉他。暫時別跟他說好了。」

幸好，只有女神知道艾倫締結了契約。

奧莉珍轉移到寢室後，讓艾倫躺在床上，接著不禁笑道：

「不知道他有沒有辦法放手讓孩子獨立？」

她知道羅威爾肯定會亂了手腳，因此更停不下笑意。

「要變熱鬧了呢。」

奧莉珍想像著開心的未來，輕輕替艾倫拉起被子蓋上。

第六十六話　之後的海格納國

艾倫淨化詛咒之後，杜蘭與護衛們一起回到城裡，毫無規矩可言地坐在勤務室的椅子上，不斷灌酒。

雖然多少仍有在辦公，開口說話的次數卻驟減，反倒常常心不在焉。

杜蘭只有在遭到艾倫定罪之際才明顯慌了手腳，現在已經能靜靜盯著手裡的紅酒杯，不斷搖晃杯中的酒了。

他並未激動反彈，也沒有傷心悲嘆。看到國王不發一語，散發哀愁的背影，奧加斯忍不住嘆氣。

調查艾倫身邊的人，下達指示的正是他。

凡克萊福特領發展顯著，奧加斯很快就發現一切都和艾倫有關，因此他一直觀察著汀巴爾王族周邊乃至艾倫周邊，看有沒有縫隙可趁虛而入。

後來他盯上汀巴爾王族和凡克萊福特家之間的不睦，以及圍繞著羅威爾肆意妄為的艾齊兒和艾莉雅。若要趁虛而入，只需對這樣的人下手即可。

事實上，汀巴爾國的英雄羅威爾·凡克萊福特，確實打從心底厭惡汀巴爾王族。

王族與臣子之間不睦，將會輕易撼動國家。他有著英雄的名聲，最近又因為治療院的發展，博得「親民貴族」的評價，人望很高。

要是直接對凡克萊福特下手，難保不會跳過王族，直接惹怒人民，讓他們團結一致。

戰爭最怕的就是團結力。

凡克萊福特的力量正是成長至如此地步。

因此他將目標從艾齊兒轉為艾米爾，利用外力培養悄悄在她心中成長的憎恨。

他做好事前準備，打算以花言巧語誘導艾米爾，一旦出了什麼問題，便能讓人覺得「又是汀巴爾王族惹的禍」。

當艾米爾親手殺死前任國王時，杜蘭和奧加斯都忍不住大笑。

這一切卻全被艾倫揭穿。他完全沒想到事情會變成這樣。

「再拿一瓶來。」

紅酒瓶已經空了三瓶。

杜蘭將紅酒杯放在桌上，皺著眉頭，閉上雙眼。

「陛下，您還是少……」

「閉嘴。」

「…………」

奧加斯噤口，行了禮後，拿著所有酒瓶離開。

室內只剩下杜蘭一人。他解開袖口的袖扣，捲起袖子，露出定罪的痕跡，就這麼盯著它看。

他一直覺得是不選擇自己的羅雷背叛了他，因為羅雷選擇的人好死不死是繼承了濃烈叛徒血脈的金髮之人。

即使王妃遭人懷疑感情不忠，認為他身上未流著王族之血，前任國王依舊接納了律爾，說要遵照羅雷的意思。

杜蘭從此懷抱難以置信的心情，持續憎恨著羅雷長達十八年，也極度憎恨被羅雷選上的律爾，甚至無法忍受前任國王把羅雷看得比國家重要。

就算現在跟他說汀巴爾和海格納之間的爭端是誤會，杜蘭也不知該如何是好。

他過去相信的一切，因為雙女神所說的話而發出崩毀的聲響。回頭看看自己的所作所為，他這才發現自己做了和祖先相同的事。

現在他總算知道站在羅雷的角度，自己根本才是叛徒，不禁全身無力。

『嘗嘗重要的人被奪走的痛楚吧。』

艾倫所說的話始終縈繞在杜蘭耳邊，現在他終於明白律爾話中的重量。

他誤會律爾奪走了羅雷這個重要的精靈，回過神來已在嫉妒的驅使下，奪走了許多人重要的人事物。

無論喝了多少酒，艾倫的話語依舊揮之不去，根本醉不了。

＊

此時，杜蘭聽到門外傳來吵鬧聲。倘若是奧加斯回來，那也太吵了。照理來說，他應該要馬上拿起立在一旁的劍，現在卻沒那個心思。

杜蘭慵懶地抬頭。只見宰相正好用力開門進來，放聲大笑。他的身後跟著大批人士，其中還有張難得看見的臉孔。

「……我不記得有准你們進來。」

宰相上次才一臉鐵青，現在卻傲慢得像是在誇耀自己的勝利。

「哎呀哎呀，你為什麼還在這裡？這個恬不知恥逃回來的叛徒。一想到這就是我們的國王，真教人覺得丟臉！」

「放肆！宰相，在你面前的人可是國王啊！」

奧加斯慌慌張張地追上宰相，介入宰相和杜蘭之間。宰相帶來的士兵卻一語不發地與奧加斯對峙。

雙方都作勢要拔劍，就這麼彼此互瞪。

「奧加斯，你說他是國王嗎？遭到羅雷大人拒絕的人根本不是什麼國王，只是個叛徒

吧！」

「什……」

「…………」

派出密探的人並非只有杜蘭。

杜蘭在繼承王位之前，便悄悄除掉有王位繼承權的人。

旁人理所當然會感到恐懼，如今留下的人就只有爵位較低的親弟弟克拉赫，以及躲在宰相身後畏畏縮縮的男人了。

（不……律爾還活著吧。）

儘管與情境毫不搭調，杜蘭依舊嗤之以鼻，讓宰相等人的身體因此抖動了一下。

「好久不見了，王叔。」

「啊……是啊…………是、是好久……不見了……」

這名瑟瑟發抖的男人是前任國王的弟弟，模樣卻和前任國王一點都不相似，整天縮著身子，總會讓人聯想到逃竄至角落發抖的老鼠。他從以前開始就很怕杜蘭，現在的臉色十分蒼白。

前任國王駕崩時，沒有人對如此慎重膽小的男人有任何期待。杜蘭也覺得他不值一提，因此放著不管。

「王叔是來讓我看你變成魁儡的模樣嗎？」

面對杜蘭的嘲諷，宰相破口大罵：

「閉、閉嘴！我都知道！都是因為你，害得羅雷大人再也不會回到這個國家了！就因為你的……」

宰相看向杜蘭的右手。誠如報告所言，裸露在外的手臂上留下了定罪的痕跡。宰相撞見了那副模樣，發出「噫」的短促哀號。

既然他知道定罪之事，代表在場人士中存在著叛徒。

不對，或許是因為對方從頭看到尾，對杜蘭心灰意冷，才會密告宰相吧。

「……吵死人了。」

杜蘭露出一副「那又怎樣」的態度。當奧加斯上前把他護在身後，宰相才回過神來，改變攻擊目標。

「奧、奧奧奧奧加斯，你這傢伙也是！這麼大的一件事，為什麼沒有向我報告！你也要一起處刑——！」

宰相舉起手，對士兵大叫：「抓住他們！」當奧加斯拔劍應對的瞬間，空中突然出現一道耀眼的魔法陣。

事出突然，每個人都啞口無言，望向出現在半空中的魔法陣。接著只見一名飄浮在空中的大精靈和被他抱在懷中的白貓出現在現場。

「什………」

『受不了，姊妹倆都把吾當成打雜的！』

霍斯一邊發著脾氣，一邊以及粗魯的方式把白貓往杜蘭身上丟。

杜蘭一改態度，急忙從椅子上站起，伸手抱住艾雷。

『唔嘎！』

艾雷淒慘的叫聲令杜蘭捏了把冷汗。他下意識重新抱起艾雷，檢查牠身上有沒有傷勢。

『回程自己轉移。吾不會再幫忙了！』

霍斯說完便轉移消失。

周圍的人們不知道到底是怎麼回事，只是不發一語看著在杜蘭懷裡眼冒金星的白貓。

『嗚嗚……拜託再溫柔一點啦……』

杜蘭懷裡的白貓左右扭動，豎起耳朵。

牠的鼻子不斷上下擺動，環視勤務室內，詢問杜蘭在哪裡。當視線對上正前方的宰相，

艾雷便拉直了背脊大叫：

『喵，你們！杜蘭在哪裡啊！』

「噫！」

「說、說話了……難道……是精靈大人……？」

王叔懼怕不已，宰相則確認起牠是否為精靈。聽見杜蘭的名字自精靈口中蹦出，士兵們紛紛畏怯地往後退。

這也難怪，畢竟國內雖然有精靈魔法師的精靈，但說到會說話的精靈，他們只知道羅雷一個。

「……艾雷大人？」

聽到聲音從頭上傳來，艾雷嚇了一跳，急忙轉身仰望後方。杜蘭和艾雷就這樣面面相覷了好一會兒。

「不會……」

牠這才終於理解現在是什麼狀況，率先道歉：『……抱、抱歉。』

杜蘭慢慢將艾雷放在地上，接著再度坐回椅子上。突如其來的事情接二連三地發生，杜蘭本來就沒喝醉，這下更清醒了。

艾雷看著杜蘭，接著便察覺他右手的定罪痕跡，不斷盯著它瞧。杜蘭察覺艾雷的視線，動作自然地放下衣袖，扣好袖扣。

『杜蘭，奴很抱歉……！』

見艾雷突然道歉，宰相等人直發抖，杜蘭卻一臉不解。

『是奴……是奴把羅雷從你身邊奪走了……！』

牠所說的話讓宰相等人更加混亂。剛才那張叫著叛徒的嘴，現在根本發不出聲音。

宰相輪流看著杜蘭和艾雷，心想「這和報告的內容不一樣」。

杜蘭總算明白艾雷想說什麼，大大嘆了口氣，在一片寂靜的室內顯得異常大聲。

他的嘆息讓艾雷抖了抖身子。杜蘭眼角捕捉到艾雷的模樣，以嚴肅的口吻說道：

「……我不懂您向我道歉的理由。」

『杜蘭……』

「我在不知不覺間背叛了羅雷大人……只是這樣而已。」

『……羅雷回來了嗎？』

「沒有。未來也不會……牠已經不會再回來了吧。」

這句話代表因為他的過失，他們失去了羅雷。在旁人眼裡，艾倫的定罪或許沒什麼大不了。

然而這個國家不同。失去羅雷這個對國家而言無比重要的存在，箇中意義難以衡量。

他原本鄙視汀巴爾王族，現在卻同樣受到定罪，實屬屈辱。艾倫也確確實實地從根本擊潰了杜蘭的企圖。

在這個精靈信仰根深蒂固的國家，他卻是個無法和精靈締結契約的國王。

倘若黑貓精靈突然出現在汀巴爾國的消息傳開，人民便會立刻發現吧。百姓像宰相這樣彈劾杜蘭也只是時間的問題罷了。

杜蘭還沒有孩子。羅雷或許會像精靈對待汀巴爾王族那樣，因為杜蘭的血脈而不靠近他們。若是如此，今後的問題只會落在杜蘭一個人身上，不會牽連他人。

律爾會被帶回來嗎……杜蘭原本這麼想著，艾雷卻大吼：

『杜蘭，你跟奴締結契約吧！』

這是杜蘭有生以來第一次驚訝得腦袋一片空白，反射性地回答：「啊？」不只杜蘭，艾雷的話語讓在場所有人都以為自己聽錯了。

艾雷是掌管白晝的精靈，據說是守護在女神教會中的雙女神神像的精靈。

杜蘭想起上次定罪時，艾雷將他們稱作「那幫傢伙」。

「……您不是跟教會締結契約了嗎？」

『有很多人想跟奴締結契約，但奴沒有跟任何人締結契約！奴只是負責把主人的吩咐轉告給人類而已！』

「…………」

杜蘭覺得剛才喝的酒一下子衝上腦門了。他用右手揉了揉隱隱作痛的太陽穴。

『……不行嗎？』

看到牠失落地垂下耳朵，杜蘭暗自無言以對。

他有多敬仰羅雷，現在就有多抗拒接受艾雷。海格納信仰的是掌管黑夜的精靈而非雙女神，原本就跟教會合不來。

要是羅雷沒說在教會裡的精靈是牠的姊姊，海格納肯定已經跟教會打起來了。

過去雙方協商都是繞了一大圈，最後海格納妥協，一直避而不談重點。但現在艾雷突然來訪，事態難保不會變成對方聲稱海格納綁架艾雷。

「您是要我跟教會開戰嗎？」

『什……！奴沒有這麼想！』

「…………」

『奴的所作所為……有這麼為難你嗎……』

杜蘭看著縮著身子落淚的艾雷，開始皺眉思考。

倘若自己和不是羅雷的精靈締結契約，一定又會被當成叛徒吧。杜蘭以前就這麼高聲主張，所以他明白。

如果艾雷就在國內，羅雷回來的可能性的確會提高。但一旦對上與各國互通有無的教會，杜蘭依舊覺得自己站不住腳。

『奴命令教會的人不能打仗，這樣如何？』

「…………」

『你對你的人民也能說奴是羅雷的代理精靈喔？』

「…………」

『奴也可以去說服羅雷喔！』

艾雷拚了命地推銷自己。

位於艾雷後方的宰相等人驚訝得啞口無言，卻反而讓杜蘭冷靜了下來。

杜蘭不懂牠為什麼要做到這個地步。他完全看不出艾雷跟自己締結契約，有什麼好處可言。

「您為什麼這麼想和我締結契約？還有其他想與您締結契約的人吧？」

『……』

杜蘭說完，艾雷伴隨著沮喪，也道出真心話。

『其中一個原因是奴放心不下羅雷……還有就是……奴很羨慕牠……』

「羨慕……？」

『說穿了，奴在教會中只是主人的附屬品。人們的確很崇敬奴，卻不是把奴當成單一個體。』

「…………」

『奴討厭迫害羅雷的教會，吼了好幾次，想說要是他們再對奴的妹妹出手，奴就要離開教會。但那裡也是奴傳遞主人吩咐的場所。主人算是雙女神大人的外甥……覺得和人類接觸很麻煩，才會由奴代理。』

「您的意思是即使想離開教會，您也辦不到？」

『奴早該離開了……但又很怕被主人當成沒用的廢物，所以只跟教會的人進行最低限度的接觸……』

艾雷或許比羅雷更孤獨。

『當奴聽到跟羅雷締結契約的人出現，實在非常驚訝……當時羅雷看起來相當幸福……

奴很替牠高興。』

艾雷見證羅雷邂逅律爾，純粹替妹妹的幸福感到歡喜。

『他們死別後，羅雷常常因思念律爾而哭泣。奴好幾百年來，一直看著牠這樣……』

此時，艾雷聽聞女王為了孕育下一代女神，正在尋找靈魂。

只要拜託女王，或許她能順便找到律爾的靈魂。艾雷心想，運氣好的話，還能讓律爾轉生到羅雷身邊。

『奴以為自己這麼做是替羅雷著想，其實只是把羅雷從你身邊奪走罷了……』

艾雷帶著懺悔哭道，杜蘭只是默默地聽著牠說。

『奴……奴很羨慕羅雷。有人這麼惦記牠，奴羨慕得不得了。』

「那麼……為什麼找上我？」

杜蘭現在知道艾雷羨慕羅雷了，卻想不透牠為什麼要找上自己。

儘管問了這個問題，杜蘭的內心卻盤旋著複雜的感情。雖然自己沒被羅雷選上，卻被相似的存在選上。

這樣的優越感令他陶醉，但也伴隨著許多問題，代價更是不小。正因他明白這些，於是躊躇不已。

『……不行嗎？』

「您這是答非所問。」

『奴就是想選你啊。』

「…………」

『難道這不能當成理由嗎？』

杜蘭的心正劇烈動搖著。然而羅雷的身影掠過腦海，阻止他答應仍是事實。

他陷入沉思。而艾雷就這麼跳到他的腿上。杜蘭過去從未如此近距離看著精靈。

唔……他發出強忍某種情緒的聲音。艾雷卻仰望他，歪頭問道：

『不行嗎？』

「…………」

『奴只憑感覺這點難以讓你下定決心嗎……如果是你這麼為羅雷著想的人，奴覺得信得過。』

精靈都說得這麼明白了，還有人能狠下心拒絕締結契約嗎？

「……您有辦法跟我締結契約嗎？我手上的定罪痕跡可是拒絕了羅雷大人喔。」

艾雷和羅雷是二位一體的存在。

既然是互相關聯的精靈，艾雷或許也會遭到定罪波及。

『那個定罪只針對羅雷。』

「……為什麼……」

杜蘭原本還想繼續說「要這麼做……」卻被艾雷搶先一步。

『公主殿下慈悲為懷，也會替人留下後路。公主殿下明白你喜愛羅雷的心。』

即使走偏了路，艾倫依舊想要拯救與詛咒同化的艾米爾。

杜蘭想起這件事，忍不住訝異地睜大眼睛。

『況且雖說你受到定罪，卻沒有憎恨精靈或是公主殿下，只是叫著「為什麼」。你並未質問造成一切的奴，也沒有求羅雷回來……沒有這種想法，對吧？』

「…………」

面對艾雷的指摘，杜蘭光是隱藏內心的動搖就用盡了全力。

牠到底洞悉到什麼地步？因為是精靈，才能看穿他人的內心嗎？

據說雙女神沃爾能洞悉一切，是在森林看到的她們這麼告訴艾雷的嗎？

『精靈分得出來，所以不會想去討厭自己的人身邊。』

「……這……」

杜蘭打從心底渴望羅雷，卻同樣憎恨牠。羅雷或許也很清楚杜蘭這樣的心思。

艾雷以自己的頭磨蹭杜蘭放在扶手上的右手，杜蘭因此知道艾雷可以靠近自己，不由感到欣喜，讓他也想摸摸艾雷的頭。

他一直想跟羅雷這麼相處。儘管牠們毛色不同，艾雷身上柔軟的毛髮卻令他瞇起雙眼。

他從頭撫摸到背，接著搔了搔艾雷的脖子，牠隨即發出呼嚕聲。

杜蘭感到十分訝異，自己竟然萌生了不想放開牠的想法。

「……不管我說什麼，可能都於事無補。」

『你是指什麼？』

「我企圖對您的主人的妹妹下手，教會或許會因為這點而向我發動戰爭。」

『這、這種事奴會阻止的！』

「我猜或許會演變成我搶走您而引發的戰爭。」

『嗚嗚……那幫傢伙……！』

艾雷似乎也能想像教會的人如此大喊的模樣。

「反正我也厭倦嘲笑汀巴爾國了，接下來跟教會周旋似乎也不錯。」

『……！』

艾雷的耳朵快速豎起。

牠察覺這句話的意思，因此喜形於色。杜蘭見狀，卻未察覺羅雷的身影已經從自己的腦海裡消失了。

＊

律爾等人回到法歐村，遠遠望著模樣有些不同的村子。

在那場定罪之後，要從森林回到距離還算近的村中，律爾心中其實有不小的抗拒。不過詛咒的影響沒有那麼大，他現在依舊跟提歐茲一起在打鐵工坊幫忙。

提歐茲在精靈城養好傷後，向律爾道歉，說自己沒能在重要時刻陪在他身邊。

「你沒事就好了。」

「尤伊大人……」

比起提歐茲，打鐵工坊的老爺接到他們要休息幾天的消息後，更是極為擔心律爾。

當提歐茲告訴律爾，這位老爺是他母親的遠房親戚，律爾著實嚇了一跳。

聽到消息的他驚訝得雙眼圓睜。

「提茲都告訴我了。你能平安無事真是太好了。」

「您都知道……」

「抱歉，一直瞞著你……我想說不能讓你有什麼萬一，於是說不出口。」

律爾為了轉移到汀巴爾而事先說要請假幾天時，老爺似乎以為他是因為騎士們來到這個村落，為了躲避他們才會休息。

儘管老爺身材壯碩，平常動不動就吼人，現在卻神經兮兮地擔心律爾。

倘若這個地方曝光，事情一發不可收拾導致工坊出了什麼事，也不能讓律爾顧及情分而回頭，因此老爺才會嚴格對待他。律爾聽到這些，心情相當複雜。

「我還以為……自己已經沒有親人了。」

「……之前我覺得不能說出來，但其實你的祖母就是在這座村落出生的。村子裡也到處都是跟我一樣的遠房親戚喔。」

「……」

「你不用想太多，就留在這裡吧。然而現在不能進入森林，因為動物們的行徑很奇怪。」

「啊，其實……」

律爾下意識想解釋，卻被提歐茲阻止了。

提歐茲不發一語，只是搖了搖頭，代表這件事不能外傳。

「謝謝您擔心我。」

「別道謝。今天就在我家吃完飯再走，可以吧？」

「好……好的。」

見老爺的態度變得如此隨和，律爾實在難以適應。

*

律爾著實難以相信眼前發生的事，儘管邁步走在回家的路上，腦袋卻依舊轉不過來。此時，走在旁邊的提歐茲低頭道歉了。

「非常抱歉，一直沒跟您說。」

「不，沒關係啦……我只是沒想到原來兄弟以外的血親就在離我這麼近的地方，相當驚訝而已。」

「這是主人親自拜託我別說的。」

「是羅雷……」

「話說回來，真虧他們接納了金髮的我耶。」

聽律爾問了個單純的問題，提歐茲連忙解釋：

「其實這座村子很多人都有返祖特徵。老爺也是金髮喔。」

「什麼！」

打鐵工坊的老爺是個大平頭，律爾從未見過他頭髮長出來的模樣，因此非常驚訝。提歐茲卻極為認真地回答：「因為跟火打交道，就會燒到頭髮嘛。」

「是……是這樣喔？」

「您在想什麼？」

「啊，沒有。我還以為……」

看到律爾含糊其詞，提歐茲似乎認為他剛才湧現了負面的想法。

「您擔心那是遺傳嗎？」

聽提歐茲這麼說，律爾肩頭一顫，卻隨即想到剛剛才說過那是被火燒的，不禁漲紅了臉大叫：「你耍我！」

提歐茲哈哈大笑。律爾覺得已經有很久沒見到他的笑容了。

金髮在這個國家很難生存。律爾原以為老爺是害怕旁人的目光才會剃髮，有些擔憂自己是不是也該剃掉比較好，卻沒發現其實提歐茲誤會了。

總算察覺到這點的律爾心想不說也好，回過神來才發現笑過之後，有種如釋重負的安心感在心中擴散。

雖說是金髮，在這裡卻不會被白眼，令他感到無比開心。

大概是因為最近周遭充滿了火藥味，他總是繃緊神經，放大感官，也覺得自己很久沒笑了。

若是現在，他便能理解提歐茲出於體貼，阻止他差點說出森林的狀況。

倘若聽到律爾的存在被王兄發現，老爺一定會急忙把律爾藏起來。

「要是說我已經知道了好嗎？」

「那想必已是時間的問題了吧。」

「……王兄會來要我的命嗎？」

律爾的不安仍未消退。一旦杜蘭攻打這座村落，他根本不知道該怎麼辦才好。

想要保護的事物與重要的存在——被奪走這些的杜蘭現在如何了呢？

當他思索著這些事時，提歐茲突然抬起頭來。

看來是羅雷用念話和他說了些什麼。

「您……您說什麼……」

「提歐茲？怎麼了？發生什麼事？」

俗話說眾口鑠金。律爾以為杜蘭真的知道了自己的所在之處而往這裡過來，整張臉瞬間變得鐵青。

「……艾雷大人牠……」

「艾雷？」

律爾愣在原地，心想艾雷是羅雷的白貓姊姊吧。緊接著，只見提歐茲有些含糊其詞：

「艾雷大人現在在海格納……」

「但我聽說艾雷是教會的精靈耶……？」

「牠跟海格納的國王締結契約……現在各界吵成一團了。」

「啥？」

杜蘭跟艾雷締結契約了？

歷經那起事件後，怎麼會走到這一步？律爾實在想不透。

*

羅雷和艾雷大吵一架後回來了。

『那明明是奴的國家，為什麼姊姊要跟杜蘭締結契約啊！』

見羅雷氣得跳腳，律爾只能苦笑。

「即使這麼說，您又不能靠近那個人。」

『是、是這樣沒錯……！』

「艾雷大人說您不在的期間，他想陪在國王身邊。」

『為什麼啦——！』

羅雷的怒氣絲毫沒有減退。律爾見狀便介入牠和提歐茲之間，說著「好了好了」安撫羅雷。

「既然王兄和艾雷締結契約……這個國家的人想必都很驚訝吧？他們打算怎麼處理？」

「艾雷大人不只公開自己是主人的姊姊，甚至說服了教會的人。」

「為什麼……」

律爾不懂艾雷為何會對杜蘭執著至此，卻馬上想通了。

他想起艾雷懇求艾倫原諒之際，哭著說杜蘭是因為牠才會走上歧途的。

「是因為罪惡感嗎？」

「恐怕是……」

「精靈會因為罪惡感，不惜締結契約嗎？」

「不會耶。基本上精靈會跟人類締結契約，都是因為靈魂互相吸引。」

提歐茲以前也跟律爾的母親締結過契約，所以他知道這點。想起當時情景的他不禁看著遠方。

『為什麼啊！奴好擔心這個國家可能會被教會篡奪！說了那麼多，結果姊姊依舊原諒了教會那幫人嘛！』

聽到羅雷討厭教會的理由，律爾有些驚訝。

「羅雷討厭艾雷嗎？」

『幹嘛突然問這個！姊姊是奴的半身，怎麼可能討厭牠！但這是兩碼子事！』

羅雷越說越激動，全身的毛都豎了起來，律爾於是一把抱起牠。

「這是我的想法啦——」

『什……什麼啦……？』

「艾雷或許是替我跟妳創造了可以在一起的時間。」

『你說什麼……？』

「王兄被艾倫公主定罪，無法靠近妳。既然如此，他能採取的行動相當有限——把我帶回去、不管我，或是殺死我。」

『什……』

「幸好我們還有個弟弟，不管我也不是不行……只是這個國家明明一直和精靈攜手共進，要是國民知道精靈不見，想必不會默不吭聲。大家都會逼問王兄，要他交代清楚吧。」

「確實如此……」

提歐茲一愣一愣地點頭。律爾也點頭回應。

「假使王兄打算把羅雷帶回去，應該會想找出我的所在地。然而只要王兄在，羅雷就難以回國。既然如此……他大概會選擇殺死我，再把王位讓給克拉赫。」

『為什麼！為什麼他要妨礙我們！』

羅雷憤怒不已。律爾摸了摸頭安撫牠。

「我想艾雷就是不希望事情變成這樣，才會先下手為強吧。」

「艾雷大人牠……」

『姊姊？這是什麼意思？』

因為艾雷好死不死跟杜蘭締結契約，羅雷在驚訝之餘，思緒一時轉不過來。

不過律爾見牠如此混亂，倒是冷靜了下來。

「他身為國王，想奪回象徵國家的羅雷也很正常。艾倫公主料中他的行動而進行定罪。我想王兄一定是束手無策了。」

律爾在森林裡聽到杜蘭大叫著他所敬仰羅雷的吼聲，依舊在耳邊揮之不去。

杜蘭吼著沒被羅雷選上的悲痛之聲。

要不是艾雷說要尋找始祖王的靈魂，或許現在就是律爾自己這麼吼叫了。

「我懂王兄的心情喔。」

『律爾……？』

「正因為我很愛羅雷，更能了解王兄的心情。我很感激艾雷擔心王兄的這份善良之心。」

律爾說著，對羅雷露出一抹微笑。羅雷也有自覺是自己害杜蘭走偏的，便不再說下去。

「所以是艾雷幫了王兄一把喔。」

『是……這樣嗎？』

「否則應該沒辦法締結契約吧？我是不太懂啦。」

律爾沒締結過契約，不懂那種感覺。

然而有過這種經驗的提歐茲和羅雷經他提點，這才恍然大悟。

『可是……可是姊姊太過分了！自作主張地說奴生病，暫時不會出現，就這麼跟人民表示要由牠來代理奴！』

「啊哈哈哈哈！」

『律爾！這一點也不好笑！』

「有什麼關係嘛？如果艾雷會順便替我盯著王兄，我可是很高興喔？」

『為、為什麼啊！』

「牠對外聲稱妳暫時不會回國吧？那麼這段時間就能跟我在一起了，不是嗎？」

『…………唔！』

律爾說完，羅雷的舉動突然變得非常滑稽。

『什、什麼嘛……突然說這種……你就這麼想跟奴在一起嗎！』

「嗯，我想獨占妳。」

『唔！』

儘管羅雷的毛髮全黑，所以看不太出來，但律爾已經自動認定牠臉紅了。

『什、什麼啦！現在是怎樣呀！』

羅雷突然胡亂掙扎，逃離律爾懷中。律爾見狀不禁笑了。

「受不了，就愛胡鬧。」

一旁的提歐茲也面露苦笑。

雖然沒有實證，但律爾覺得未來再也不會有人來取自己的性命。

他仰望清澈的天空，希望艾雷和杜蘭的將來能一切平順。

第六十七話　身為精靈的契約

艾倫恢復意識，發現庫立侖就在床邊。庫立侖盯著她的臉，詢問：「您覺得身體如何？」

「呃……我……」

她不知道自己怎麼會睡在床上，本想詢問庫立侖，卻因為口乾舌燥導致喉嚨一陣緊縮，結果開始咳嗽。

庫立侖心急地搓著艾倫的背，並以念話通知某個人。

「我已經通知女王陛下，說您醒了。」

「好……庫立侖，我睡著了嗎？」

「您發燒昏倒嘍。」

「咦……」

一問之下，艾倫才知道自己跟賈迪爾締結契約後已過了兩天。據說是身心疲勞才會昏倒。

（對了，媽媽說我發燒了……）

看來她確實是在契約成立之後昏倒了。

（我又在重要時刻……）

總是馬上昏倒，艾倫實在覺得自己很沒用。雖說自己陷入恐慌，卻也做了件對不起賈迪爾的事。她很想立刻去道歉，但又不知道該用什麼表情面對他。

（回答……嗎……）

一想到這件事，艾倫便感覺到體溫瞬間上升的錯覺。庫立侖也察覺她的臉突然變紅，慌張不已。

為了替艾倫降溫，庫立侖使用了力量。庫立侖的手很冰，相當舒服。

那股力量的波動十分舒適，艾倫覺得自己會直接睡著。

「聽說艾倫醒了，是真的嗎——！」

結果卻被吵鬧聲喚醒。羅威爾哭著衝進房間，立刻遭其他大精靈從後方架著雙手阻止。

「艾～～倫！」

「羅威爾大人！請您冷靜一點！」

「放、開、我～～！」

艾倫在床上看著這一切。她的身體尚未退燒，儘管腦袋仍處於迷糊狀態，羅威爾的吶喊依舊讓她蹙眉。

「爸爸，請你小聲一點……」

她現在還是覺得很無力。一聽她這麼說，羅威爾立刻停止抵抗。

「……艾～倫。」

看到羅威爾輕聲細語呼喚自己，艾倫忍不住笑了出來。

「真受不了爸爸……」

艾倫坐起身子，庫立侖他們迅速將靠枕放在艾倫的背部。

接著，庫立侖不知為何警告羅威爾：「公主殿下還沒完全退燒，還需要靜養。」

「為什麼要對我說？」

「因為您最會害公主殿下勉強自己。」

「唔！」

明知這是給羅威爾的忠告，艾倫卻覺得好刺耳。當庫立侖正對他們進行另類說教之際，列本替艾倫拿了檸檬水來。

「公主殿下，請用。」

「拿來，我拿給她。」

「啊，羅威爾大人……」

羅威爾搶走檸檬水，接著笑咪咪地面向艾倫。

見羅威爾一臉得意地遞出檸檬水，傻眼的艾倫向列本道謝。

「列本，不好意思。謝謝。」

「不會不會。您的熱度退了不少，讓我放心多了。」

「來，艾倫。是檸檬水喔～」

羅威爾坐在床沿，一手扶著艾倫的背，一手遞出杯子。

甜甜的檸檬水非常好喝。艾倫喝完後吐了口氣，羅威爾隨即問：「還要喝嗎？」

「不用了。」

「這樣啊。妳的臉依舊紅紅的。」

羅威爾將大掌蓋在艾倫的額頭上。而艾倫觸摸自己的臉頰也感覺得出來，況且身體熱熱的，使不上力，看來的確還沒退燒吧。

「上次是因為公主殿下的力量平衡被打亂，才會影響到身體。但這次是身心疲累引起的不適，請您現在務必靜養。」

「好……」

列本掌管生命，所以立刻就能知道艾倫體內發生了什麼事。

聽列本這麼說，最感到放心的是羅威爾。在一旁守著艾倫的大精靈們也露出溫柔的視線。

這次大精靈們幫了很多忙。他們知道艾倫為了救羅威爾而勉強自己，因此都機靈地體恤艾倫。

「幸好妳醒了……」

聽到羅威爾這聲低喃，艾倫靠到他身上說：「讓爸爸擔心了。」

羅威爾撫摸著艾倫的頭，並在她的後腦杓落下一吻。

「多虧了妳，我才能得救。謝謝妳。」

聽到羅威爾道謝，艾倫總覺得心頭癢癢的，不禁害羞了起來。羅威爾接著抱緊艾倫。

儘管仍有賈迪爾半精靈化的問題要處理，但現在光是知道羅威爾平安無事，以及賈迪爾還活著，艾倫心中便再也放不下其他事了。緊繃的情緒持續了好一段時間，所以才會發燒。

不對，這或許是智慧熱。

（畢竟發生了很多事嘛……）

以女神身分進行淨化、選定靈魂、賈迪爾半精靈化、締結契約。

她的身體原本就不允許勉強。然而已經有過一次經驗了，或許也是沒辦法的事。

大概是因為艾倫把額頭靠在羅威爾肩上，他立刻感覺出艾倫的體溫再度上升。

「艾倫好燙！」

「所以吾剛才說過啦！」

列本看著庫立侖罵羅威爾，同時急忙讓艾倫躺回床上。

「艾倫～～！妳要早點好起來喔！」

羅威爾被大精靈們拖著走，無奈之下只能離開。艾倫見狀把手伸出被子，揮手表示再見。

＊

在睡夢中的艾倫，感覺到一隻冰涼的手放在頭上。

「………？」

「哎呀，我吵醒妳了嗎？」

是奧莉珍前來查看艾倫的狀況。

「媽媽……」

「妳還在發燒。我幫妳降溫喔。」

奧莉珍將額頭放在艾倫的額頭上。艾倫感覺到熱能從被碰觸的地方退去，「呼」地吐出一口氣。

「如何？我想應該不難受了。」

「謝謝媽媽……」

「但疲勞就無計可施了。妳現在先好好休息吧。」

「呃……好……」

艾倫有想問的問題，顯得忸忸怩怩。

（雖然是我自作自受，現在卻也不是可以開口問的氣氛……）

要說在意，她的確很在意。因為她半途昏倒便更在意了。

「妳很在意小少爺現在怎麼樣了嗎？」

「咦！」

奧莉珍完全看穿艾倫在想什麼，笑著表示艾倫的行徑令人莞爾。艾倫頓時感覺到自己的臉熱了起來。

「呵呵呵，羅威爾現在不在這裡，不要緊喲。」

「呃……這件事爸爸他……」

「我們沒有說妳締結了契約。要是說了，羅威爾絕對會過去宰了他，所以妳也不能說喲。」

「呃……怎麼可能……」

「不行喲。羅威爾真的會下手。」

「噫……好……」

「他真的很愛妳，所以如果不是他承認的人，他一定會表示不承認對方。」

見艾倫臉色發青，奧莉珍呵呵笑著。

「不過我有說了小少爺半精靈化的事，暫時沒辦法回去人界，所以拜託羅威爾將這件事告訴腹黑。」

「啊……原……原來如此。」

「現在他應該正被對方戲弄吧。」

「啊，原來是現在進行式嗎？」

這點看來是先下手為強。一旦先把賈迪爾活著的消息傳出去，就不怕他被殺了。儘管沃爾說過「不要緊」，但艾倫依舊感到不安。

畢竟艾倫和賈迪爾締結契約，汀巴爾國因此利用艾倫的風險也令人擔憂。

（就算賈迪爾拜託我，我也不會那麼做就是了……）

又得跟拉比西耶爾談條件了嗎？艾倫思索著對方會對羅威爾說些什麼，不由笑了出來。

拉比西耶爾的確工於心計，想必羅威爾現在正打著一場硬仗。

「哎呀，怎麼啦？」

「我在想腹黑先生會對爸爸說些什麼。」

「嗯～他會說什麼呢？」

「『你說我兒子會變成半精靈？那真是令人期待啊』……之類的吧？」

「啊～……感覺他真的會說這種話。討厭～」

汀巴爾王族無法與精靈產生任何聯繫。正因知道自己辦不到，自己的兒子竟完成壯舉這點更令人歡欣。

「可是接下來又該怎麼辦？腹黑先生會變得很難靠近賈迪爾吧？」

「這個嘛……會怎麼樣呢？雖說半精靈化了，但硬要說起來，小少爺比羅威爾更接近人類，因為他的身體沒有損傷呀。可能只會覺得不快吧？」

妳直接詢問本人如何？奧莉珍這麼說完，艾倫的臉便立刻漲紅。

「討厭啦，艾倫，妳還在想嗎？」

「等……媽媽！」

「真是的～妳知道自己喜歡人家吧？因為跟其他人的反應明顯不同呀。」

「…………其他人？」

「就是那個叫凱的孩子。」

「媽媽啊啊啊啊！」

知道奧莉珍偷看，艾倫忍不住放聲大叫。

「不是我！是沃爾姊姊喲！」

「不管是誰都出局啊啊啊啊啊啊！」

不用說，艾倫氣得體溫又上升了。她忘記自己身體狀況不好，質問奧莉珍：「妳們怎麼可以偷看啊！」

「是沃爾姊姊告訴我『就是現在！』嘛～～！」

「而且原來妳們早就注意到我的態度了嗎！」

「噫唔！因為因為～～！」

艾倫細問之下，才知道奧莉珍用手鏡和艾倫說完話後，便前往雙女神的神界——也就是那個很像烏尤尼鹽湖的地方避難。

「倘若羅威爾使用轉移，回到那裡就糟了不是嗎？如此一來，就會是連我的力量也無法干涉的地方了。」

「媽媽的意思是妳沒有用水鏡看？」

「沒有。不過那個地方是充滿姊姊們力量的地方……只有在姊姊允許的地方，就是腳下……弄成了像水鏡那樣的功能……喔？」

「結果還是全看到了嘛！」

「哎～～喲！對不起嘛！」

以時間點來說，應該是羅威爾進入森林的前一刻。倘若被羅威爾知道，他極有可能會制裁凱，要凱看清自己的身分。

知道羅威爾難保不會殺死賈迪爾之後，這樣的事態只令人覺得嚴重無比。艾倫忍不住打了個冷顫。

（我、我一定要小心……）

一旦她說出自己和賈迪爾締結契約，目光想必不能離開賈迪爾。

「話說回來，媽媽推卸責任，會被沃爾姊姊罵喔。」

「啊！呀啊啊～～對不起！」

雙女神現在或許也正看著一切。只見奧莉珍的肩膀抖了一下，看來是雙女神用念話說了

什麼。

「可、可是妳看嘛，妳當時的反應與面對小少爺時的態度完全不同吧？對吧？」

「看來媽媽妳很想把話題拉回去，想得不得了耶。」

「嗚嗚……！人家只是想跟妳聊戀話（戀愛話題）嘛！」

「妳到底是在哪裡學到這個詞的啊？」

看來對奧莉珍來說，聽女兒商量戀愛煩惱是母親的浪漫。

這讓艾倫想起羅威爾以前說過，父親的浪漫是用鬍子磨蹭孩子。她不禁苦笑，覺得真是物以類聚。

「正常人應該不會跟爸媽聊這個喔。」

「討～厭！是這樣嗎？」

「要說的時候，通常都是已經交往或是要結婚了吧？」

「不要啊啊啊啊！那我會跟羅威爾一起阻止的！」

「什麼？」

「我們會好好評鑑艾倫的對象！」

「咦咦～～……？媽媽妳跟爸爸變成這種關係時，有跟雙女神說嗎？」

「咦？沒有呀，因為姊姊們一直看在眼裡嘛。要是有問題，她們就會說了吧？」

「…………」

話題走向越變越怪，艾倫的雙眼頓時失神。

她感覺自己的體溫又上升了，於是直接逃避現實，鑽進被窩中打算睡覺。

她總覺得時間順序有點怪，發燒的腦袋卻毫不靈活，無法深究。

「啊啊，艾倫！不要睡覺覺啦！」

「到底是從哪裡學來這個詞的……」

「媽媽想跟艾倫聊戀話呀！」

「咦咦～？」

奧莉珍嘴上說著不要睡覺覺，卻鑽進被子，躺在艾倫身邊。她以打定主意要哄人入睡的姿勢，輕輕拍著艾倫的胸部。

艾倫心想，這樣聊天聊到一半就會睡著了。

「因為～要是羅威爾在，根本沒辦法聊這種話題呀。他會暴動的。」

奧莉珍如此表示，艾倫也覺得言之有理。

「……媽媽不反對嗎？」

「哎呀，我不是反對過嗎？即使如此，要是妳依舊在意對方，那我也沒辦法嘍。」

「也對……」

奧莉珍呵呵笑著，改成橫躺。像這樣面對面躺在旁邊，感覺很像學生時代的畢業旅行。

她有多久沒和奧莉珍這樣說話了呢？

「其實媽媽依舊有點擔心喲。因為人類比較早熟，不是會在很小的時候就說喜歡誰誰誰嗎？」

「咦？是這樣嗎？」

「羅威爾說過，人類在五歲左右時就會情竇初開，所以打從妳出生之際就開始提防嘍。」

「好早！」

然而現在想想，自己轉生前的初戀似乎就是在這個年紀。

或許是因為發燒，思緒轉不太過來的她有些混亂地想著：「嗯……是這樣嗎？」

而她所不知道的是，其實她和凡第一次見面之際，敏特就曾提議要不要相親。

聽到這件事讓她非常訝異。奧莉珍則自信滿滿地聲稱是自己決定要讓艾倫自由戀愛的。

其他精靈們也時不時會提議相親。

（啊……所以我身邊才會沒什麼同齡的精靈啊……）

知道是因為羅威爾勸不聽，排除了那些精靈後，艾倫再度失神了。

「因為妳有著過去的記憶，本以為妳的對象會是年長者……卻從沒聽說這方面的事。」

「我不記得自己對身邊的人有過那種感覺耶……」

「才不是～！每次都是妳親手粉碎、碾碎別人的心喲！」

「粉、粉碎又碾碎……！」

「媽媽我可是都看在眼裡喲！……啊。」

奧莉珍這才察覺自己根本是自掘墳墓。

當她看到艾倫瞇起眼睛盯著自己，急忙補救。

「對不起啦……」

見奧莉珍老實道歉，艾倫笑了。

「謝謝媽媽擔心我。我會乖乖找妳商量啦。」

既然她的對象是賈迪爾，就不可能避而不談汀巴爾王族和精靈之間的紛爭。既然如此，找奧莉珍這個女王商量是最好的選擇。

「……呵呵，那我等妳喲。」

奧莉珍溫柔地笑道，摸了摸艾倫的頭。

「勇敢往前踏出一步吧。妳的身體會和心靈一起成長的。」

「……媽媽？」

「對不起，聊了這麼久。晚安，艾倫。」

隨著奧莉珍在艾倫的臉頰落下一吻，她的意識也同時遠去。

＊

艾倫完全退燒後，先是為自己打氣，才去拜託綴特拉，前往賈迪爾的夢境中。

她許久沒見到賈迪爾了。他不知何時和綴特拉成了好朋友，兩人聊得很輕鬆。

「嗚呵呵！被詛咒的王子很上道喔～！」

「承蒙綴特拉閣下願意陪我聊天。」

兩人這樣你來我往。綴特拉咧嘴一笑。

「那我走嘍！嗚呵呵呵呵呵！」

說完，他便「咻」一聲不見了。

賈迪爾和艾倫察覺到綴特拉是在體貼他們，同時臉紅了起來。

「賈、賈迪爾……我跟你說喔……」

「妳、妳說吧……」

「首先……對不起，我擅自聽了你的想法！」

「不會啦，那只能算是意外吧。妳別放在心上……反正我本來就打算總有一天要告訴妳。」

見賈迪爾一臉苦笑，艾倫雙手忸忸怩怩，開口就要道出回覆：「其實我……」

「艾倫，妳先等等。」

「咦？」

艾倫不禁愣愣地望著賈迪爾。只見他一臉認真。

他就像締結契約時那樣單膝跪地，朝她伸出右手。

「我希望能親口說出來。」

「咦……」

「雖然被妳聽見了，但我想重新說一次。」

「那、那個……」

「艾倫。」

「我、我在！」

艾倫下意識挺直腰桿。

「我喜歡妳，一直都喜歡妳。」

「……唔！」

「我一直都想跟妳說話，想站在妳身旁。儘管現在的形式跟普通的伴隨不太一樣……我依舊想要站在妳身旁。」

「……嗯。」

「即使我們之間隔著詛咒，我仍舊不想放棄。」

「賈迪爾……」

「雖然表露心意的方式有些出其不意，但我希望妳能握住我的手。」

無須言語。賈迪爾體貼艾倫，示意她用行動表示即可，實在非常溫柔。

（勇敢跨出一步……）

奧莉珍說過的話掠過腦海。就這樣接受賈迪爾的告白，艾倫想必會猶豫吧。她和賈迪爾一樣在意對方。

明明犯下過錯的人是賈迪爾的祖先，他本身並沒有錯——她心中始終留著這樣的疙瘩。

正因為她明白就立場而言，自己不能原諒他們，才會躲在暗處一直看著賈迪爾。

結果那份不願放棄的心不知不覺間改變了同胞的心，甚至予以淨化。一如賈迪爾已經跨出一步，艾倫也要跨出一步。

她往前邁進，握住伸過來的那隻手。

賈迪爾猛然抬起頭來，雙方四目相交。艾倫感覺到自己的體溫一口氣攀升。

儘管話說得結巴，艾倫終究還是開了口：

「那、那個……我雖然還不成器……總之請你多多關照……」

她不敵賈迪爾的眼神，低頭迴避他的視線。

艾倫已經滿臉通紅，或許來流了手汗，最後一句話甚至說得很小聲。

（嗚嗚……！好……好難為情……！……奇怪？）

「呃！」

見賈迪爾遲遲沒有反應，艾倫心生不安，差點抽回握著賈迪爾的手。

不過賈迪爾似乎察覺艾倫想收手，反過來抓住艾倫。艾倫在驚訝之餘，意外與他對上視線。

雙方四目相交，艾倫這才發現賈迪爾同樣滿臉通紅。

他心中的喜悅慢慢擴散至全身，接著化為笑容。艾倫看了，實在無法挪開自己的視線。

「……我好高興。艾倫，謝謝妳。」

「呃、嗯……」

被握緊的手好燙。艾倫覺得那是自己的體溫，卻又像是賈迪爾的體溫。

明明置身於賈迪爾的夢中，卻非常有真實感。

「對了。艾倫，妳過來這裡。」

「咦？」

賈迪爾牽著艾倫的手往前走。在這片漆黑的空間當中有個獨立的圓形空間，裡面放著一張沙發。

「……沙發？」

「是綴特拉閣下特地為了我準備的。睡著的時候不會有意識，不過要是被叫到夢裡，我通常會坐在這裡。」

「哦～！好方便喔！」

艾倫在賈迪爾的帶領下坐上沙發，手卻仍一直牽著。

（哎呀……錯過放手的時機了……）

艾倫不懂該什麼時候放手。賈迪爾也坐在艾倫旁邊，牽著手讓他相當開心。

「女神們叫我的時候會準備茶几和椅子。雖然在夢裡，卻是很有趣的體驗喔。」

「雙女神？她們後來也有來到你的夢裡嗎？」

「有喔。她們說要趁現在教我有關精靈的事。我很感謝女神們替我想了這麼多，她們真是美好又溫柔的人們。」

「……嗯，是呢。」

艾倫總覺得自己說出這句話時不帶感情。雖然她認同雙女神很溫柔，但要是賈迪爾未來知道精靈們都怕她們，會有什麼反應呢？

「啊。」

「怎麼了嗎？」

「我現在才發現聽不到你的思緒了……」

「噢，她們也教我怎麼做了。」

「你已經學會啦！好厲害，我也得學才行。」

「呵呵，謝謝妳。」

「不會。真的很對不起喔。」

為了避免又發生意外，艾倫希望對方的思緒別再自動流入腦中了。

（隱私很重要！）

當她這麼想著，羅威爾的臉龐突然掠過腦海。

「賈、賈迪爾……關於爸爸他……」

「我知道，雙女神都告訴我了……我知道事情會變成這樣，所以妳別在意。」

「咦？你知道嗎……？」

「是啊。畢竟我本來也覺得光是告白都會有生命危險，因此妳真的不用在意喔。」

「嗚嗚……對不起，我爸爸給你添麻煩了！」

賈迪爾也看穿過度保護、溺愛女兒的羅威爾會採取什麼行動，這讓艾倫羞得無地自容。

「因為是現在，我更能了解他那種不能把目光從你身上挪開的心情喔。能和妳心意相通讓我很高興，卻也覺得一旦有可乘之機，凱他們就會介入。」

「呃……你……你是說凱嗎？」

艾倫的心跳漏了一拍。

她想起奧莉珍也都看到了，不由得做出詭異的舉動。

「…………艾倫，妳跟凱怎麼了嗎？」

「咦！你、你怎麼這麼問？」

「……妳被告白了？」

「你為什麼會知道！」

艾倫順勢叫了出來。

儘管驚覺不妙，卻也來不及了。她緩緩看向賈迪爾，只見他掛著笑臉，嘴角卻是一抹散發冷意的微笑。

「噫……」

見艾倫一臉鐵青地定格不動，賈迪爾舉起牽著的手，親吻艾倫的手背。

「妳當然拒絕了吧？」

艾倫就像壞掉的人偶一樣，點頭如搗蒜。

倘若她接受凱的告白，現在就不會這麼回覆賈迪爾了。

「我倒是沒想到居然被搶先了。」

賈迪爾一臉懊悔。艾倫卻眨了眨眼。

「賈迪爾，你認識……凱嗎？」

「那當然。我們趁妳不注意之際互瞪了好幾次喔。」

「什麼？」

奧莉珍說得對，艾倫總在不知不覺間到處粉碎別人的愛意。

知道他們趁自己不注意的時候互相牽制，也讓她覺得傻眼。

「我還跟律爾閣下商量感情問題。現在想想，我們明明是第一次見面，真是對不起他。」

「什麼～～！原來你也會聊戀話啊？」

艾倫心想，原來王族也會暢談這種話題。然而賈迪爾倒是一臉困惑。

「戀話？」

「就是戀愛話題！」

「……那以後我想跟妳聊這個。」

「咦？」

「我把我的心聲給妳聽，妳也把妳的全給我聽吧。」

『艾倫，我喜歡妳喔。』

「哇——！」

賈迪爾突然解除限制，把心聲洩露給艾倫。

看到艾倫漲紅了臉、心慌意亂的模樣，他放聲大笑。

＊

奧莉珍被雙女神叫過去後，整個人縮成一團。

「奧莉珍，妳對沃爾做了什麼呀？」

華爾喝著準備好的紅茶，悠哉地問。

「嗚嗚……對不起……」

「奧莉珍真的很過分。妳不覺得妳這樣對我很過分嗎？」

「我只是想矇混艾倫，才會不小心說出來的……」

見奧莉珍一臉沮喪，華爾「哎呀哎呀」地感嘆。

「想矇混艾倫根本不可能吧？」

「就是呀，結果馬上穿幫了啦！她還凶我，說會被沃爾姊姊罵～～！」

「真不愧是艾倫！」

沃爾也不停點頭。

「我都知道喲。奧莉珍妳記掛艾倫，所以一——直看著水鏡。」

那是前往雙女神神界之前的事了。奧莉珍當時叫回凡，要他把手鏡借給艾倫。提起這件事，奧莉珍不禁瑟縮雙肩。

「妳看到凱小弟對艾倫告白，才會拖住凡，對吧！」

「呀～～！因為！因為！」

「我懂喲～～要是讓凡回到艾倫身邊，一切就毀了嘛～～」

「奧莉珍，妳真是的，怎麼可以抱著看戲的心態呢？」

「討厭啦啊啊啊！我是一時著了魔嘛～～！」

當時，奧莉珍幾乎是和羅威爾同時前往雙女神神界的。

所以其實艾倫被凱告白之際，她就在精靈城的水鏡中，從頭至尾看到了一切。

「我懂妳的心情啦，但這件事是妳不好喲。事情就是這樣，來人呀！」

沃爾拍了拍手，女僕們便排排站好，低頭等待吩咐。

「把奧莉珍私藏的甜點都拿過來，接下來要開茶會當作懲罰！」

「不要啊啊啊啊啊啊啊啊啊啊啊啊啊啊！」

奧莉珍的哭喊聲頓時響徹精靈城。

第六十七話
身為精靈的契約

第六十八話　父女吵架

奧莉珍讓艾倫休息後，向羅威爾解釋了一切。羅威爾聽了，一時難以置信。

（殿下……要半精靈化？）

而且本人已經接受這件事了。

羅威爾十分感謝賈迪爾救了艾倫。然而當他知道賈迪爾因此命在旦夕，不禁臉色發青。

他也是有孩子的人。知道孩子或許會沒命，為人父母難免會手足無措。

儘管在場待命的大精靈們緊急將其他人轉移到汀巴爾王城避難，但想必是因為只有賈迪爾受到詛咒，精靈無法靠近，才會演變成這樣。

羅威爾只覺得當初別帶他去就好了，卻也於事無補。

*

「所以我希望你去跟腹黑說，小少爺要半年之後才能回去。」

羅威爾到現在依舊無法消化奧莉珍所說的話。

「……妳真的要讓他半精靈化嗎？」

「要是不這麼做，他可是會死掉喔。他淨化了依附在自己身上的同胞靈魂，還救了艾倫喲。我們不是理應該回報他嗎？」

「……殿下可是汀巴爾的王族喔。」

「羅威爾，你總該知道那和他無關吧？」

「可是……精靈們會接受嗎？」

「哎呀，既然他解放同胞，又救了艾倫，那就沒問題了。你不也是這樣嗎？」

羅威爾本身也有相同的經驗。雖說他已經半精靈化，剛開始反彈的聲浪依舊強烈。身為和汀巴爾國有關聯的貴族，還和精靈女王締結契約，精靈們都覺得他是個厚臉皮的人類，不願意跟他來往。

當時的大精靈們因為汀巴爾王族的行徑而極度厭惡人類。後來之所以會完全翻盤，是因為艾倫出生了。

艾倫是繼承女王的新女神。照理來說，精靈和人類之間不會有孩子。

然而羅威爾已半精靈化，又和奧莉珍締結了契約，是以艾倫才會出生。當大精靈們聽到雙女神如此表示，這才認同羅威爾是精靈。

雖說半精靈化了，但羅威爾並非毫不在意人界。

他留下了自己的家人。即使掛念伊莎貝拉和索沃爾之後的情況，也無法說出口。

不過當艾倫出生之際，他便放下一切，暗自發誓要和精靈同進退。

艾倫是精靈與人類的孩子，羅威爾因此擔心精靈們是否會接納她。

但當兩歲的她在所有精靈面前公開亮相後，瞬間就抓住精靈們的心。

艾倫總是讓大家心驚膽顫、緊張不已。她一下子學會了轉移，致力於在城堡裡探險，給大家添盡麻煩。

羅威爾以為艾倫是個要人費心照顧的孩子，卻沒想到她求知慾旺盛，對精靈們更是問題問個沒完。

一旦讓她見識簡單的魔法，她就會拍著手，以口齒不清的娃娃音說：「好膩害好膩害！」

只要被那雙宛如寶石的眼眸盯著，便難以只憑她是和人類生出來的小孩為由討厭她。

（我……一直都被艾倫拯救。）

他沒想到自己以前對艾伯特說過的話，現在居然會回到自己身上。

『你有被我的女兒所救的自覺嗎？』

（的確如此。既然他救了艾倫，我也只能承認了……）

羅威爾沉浸在思緒中。此時他突然察覺奧莉珍就在眼前，面帶微笑地看著自己。

「理好思緒了嗎？」

聽到這句洞悉自己想法的言語，他不禁有些彆扭地說：

「看樣子……一旦跟艾倫扯上關係，就不得不改變了。」

他在嘆息之中這麼說。奧莉珍隨即笑著說：「就是說呀。」

＊

索沃爾一群人脫離那座森林後，已經過了幾個小時。

羅威爾暗忖，先回去的索沃爾他們應該已經報告過艾米爾的狀況了，於是他轉移到勤務室，結果現場氣氛瞬間變得沉重無比。

視報告而定，或許凡克萊福特家會從此脫離汀巴爾國。

（不對……考慮到艾倫的功績，應該不至於才對。）

如今凡克萊福特家已經是汀巴爾國不可或缺的領地，這也是多虧了艾倫。

察覺拉比西耶爾直盯著自己，羅威爾先是嘆了口氣。

「大、大哥……！殿下呢！」

索沃爾像是巴不得望穿羅威爾，不斷環顧著他的身旁，一臉鐵青地叫道。

既然他沒有詢問艾米爾，想必是接收到她的死訊了吧。

艾米爾通敵叛國，甚至企圖殺害賈迪爾。為防止傳出醜聞，默默當成已死亡是很常見的事。

「關於這點，我有事要報告。」

羅威爾對著拉比西耶爾低頭。聞言，拉比西耶爾只是靜靜地說：「說吧。」

「殿下他……為了保護小女而倒下了。」

「什……」

現場的氣氛突然開始躁動。但拉比西耶爾自始至終保持冷靜，只詢問關鍵問題：

「他還活著嗎？」

「……嗯，姑且算是吧。」

「羅威爾閣下，姑且是什麼意思啊！」

拉比西耶爾的近侍大喝出聲，拉比西耶爾則舉起一隻手制止，羅威爾面無表情地與他對視。此時，索沃爾跨出一步。

「那麼殿下現在身在何處？」

「…………」

「大哥！」

羅威爾沒料到弟弟會對自己大吼，小聲嘟囔：

「在精靈界。」

「什……」

現場瞬間開始喧騰。這也是理所當然的。

每個人都對這一連串的事情走向有印象，因為就和羅威爾被帶到精靈界時如出一轍。

「犬子會得救嗎？」

「殿下他……答應了。」

「答應什麼？」

「…………」

「羅威爾。」

被拉比西耶爾再度催促，羅威爾重重地嘆了口氣後說：

「……殿下答應成為半精靈。」

室內陷入寂靜。索沃爾和近衛們的嘴都張得偌大。

無法靠近精靈的王族為什麼會在精靈界？又為什麼會半精靈化？

儘管每個人都一臉不解，拉比西耶爾的笑聲卻打破了現場的寂靜。

「你說我的兒子會變成半精靈？那真是令人期待啊！」

「啊啊啊啊啊啊所以我才說不要啊……！」

羅威爾抱著頭這麼叫道。

「我先聲明，精靈們可還沒承認喔！」

「哦？照你這麼說，表示女神已經承認犬子了吧。」

「唔唔唔……！」

羅威爾慣例的不敬之舉，令索沃爾頭痛不已。

「大哥！」

遭到索沃爾怒瞪，羅威爾不禁抖動雙肩。

「殿下什麼時候會回來？」

「奧莉說要花半年。我當時也是這樣，身體習慣半精靈化的力量需要一段時間。畢竟精靈界和人界力量的強度不同。」

見羅威爾聳了聳肩，索沃爾連連吐出安心的氣息。畢竟聽到殿下還活著，最為鬆了口氣的人就是他。

倘若賈迪爾就這麼接受死亡，索沃爾的項上人頭肯定不保。

「既然他要成為半精靈……意思是以後不能待在我身邊了吧？」

「……是的。」

「知道了。以後要是有什麼事再跟我報告吧。」

羅威爾一臉嫌棄，不發一語地轉移消失了。

見兄長如此不敬，索沃爾面色鐵青地向拉比西耶爾低頭道歉。

「那傢伙還是老樣子呢。」

「陛下……姪女此次……實在很抱歉。」

看到索沃爾低頭，拉比西耶爾挑了挑眉。

「你當時也在場吧？」

「……什麼？」

「我在學院的地下對女王發過誓。而賈迪爾替我守住了誓約……只是如此而已。」

——我在此向女王以及女王之寶艾倫立誓，我必定遵守與精靈的約定。同時也會以本國之力，保護艾倫和羅威爾。

「陛下……」

「把拉蘇耶爾叫來。」

這個國家不是個會巴著自己沒有的東西的國家。

賈迪爾半精靈化後，就不能再讓他肩負汀巴爾的職務了。這是拉比西耶爾以自己的方式，留給賈迪爾的父愛。

＊

距離賈迪爾半精靈化還有半年。因為沒什麼時間了，艾倫決定來到賈迪爾的夢中一起學習。

她拜託綴特拉，讓她在雙女神要來的日子跟賈迪爾一起等待。

當他們三個人坐在沙發上聊天之際，綴特拉突然抬起頭。

「嗚呵呵！主人要來嘍！」

綴特拉說完，四周便一口氣變亮，還冒出了四人座的茶几和椅子。

賈迪爾邊打招呼邊向來到夢中的雙女神低頭致意。一旁的艾倫也朝氣十足地打招呼：

「妳們好！」

「哎呀，你們好呀。」

「哎呀哎呀，你們好。是不是打擾到你們啦？」

「才、才沒有！」

艾倫急忙左右揮手否定。雙女神見狀輕笑道：

「哦呵呵，綴特拉跟我們說過，所以我們知道啦。妳想隔絕小少爺的心聲吧？」

「呵呵呵，難道他對妳惡作劇了嗎？」

看來她現在正被捉弄，而且她們一如往常地洞悉了一切。艾倫頂著紅潤的臉，表示雙女神猜得沒錯，接著拜託她們。身旁的賈迪爾卻一臉失落地說：

「艾倫，妳維持現狀就行嘍。」

「討厭——！」

艾倫滿臉通紅，不斷捶打著賈迪爾。

即使被打，賈迪爾依舊一臉開心。他和滿臉通紅的艾倫互相打鬧，看在雙女神眼裡只覺得相當欣慰。

「不過艾倫，妳現在就算學會也只是暫時的喲。」

聽到沃爾這麼說，艾倫驚訝得停止捶打賈迪爾。

「咦？為……為什麼？」

「討厭啦，艾倫。一旦小少爺變成半精靈，不就會使用念話了嗎？」

「啊！」

「女神大人，可以告訴我詳情嗎？」

「我覺得賈迪爾現在不用知道沒關係！」

艾倫本來覺得就算只能暫時抑制，如果賈迪爾的惡作劇能因此減少，她還是得學會才行，卻完全忘記念話了。

現在知道還有別的辦法，賈迪爾整個人興致勃勃。

艾倫微微鼓起腮幫子，本想用生氣的表情跟賈迪爾說「不行」。

沒想到沃爾和華爾自後頭冒出，一人一邊戳著艾倫的臉頰。

「艾倫，妳的臉頰好像松鼠喲。」

「真的，是松鼠耶。」

被人從兩邊戳著臉頰，艾倫的臉頓時變成嘟嘴的鬼臉。

賈迪爾見狀，噗哧一聲笑了出來，結果又被滿臉通紅的艾倫捶打。

「噢，對了，艾倫，妳聽說鄰國的事了嗎？」

「咦？」

「那個男的跟白天的小傢伙締結契約嘍。」

艾倫眨了眨眼。有那麼一瞬間，她沒聽懂雙女神在說些什麼。

「鄰國……海格納的國王跟艾雷締結契約了嗎？」

艾倫遲了一步這麼問道。沃爾笑著說：「對，沒錯。」

一旁的賈迪爾還不懂發生了什麼事，艾倫於是將之前的事告訴他。聽到杜蘭一下子就和精靈締結契約，賈迪爾多少覺得有些嫉妒，一臉苦澀。

「哎呀，小少爺吃醋了。」

「嗚……很抱歉。因為我始終死不了心，從小就夢想著和精靈締結契約……」

「真是的，你不是和艾倫締結契約了嗎？戀情和心願一次滿足，不是很棒嗎！」

「嗚咕！」

「呀！」

賈迪爾和艾倫害羞的哀號響徹周遭。

「無巧不巧，剛好跟奧莉珍他們一樣，真是命中註定呀！」

「就是呀。既然無巧不成雙，代表還會有第三次嗎？」

「這種事要事一再發生還得了……」

見艾倫發出苦笑，雙女神四目相交後，露出別有深意的笑容。

「哦呵呵。」

「嗯呵呵。別說這個了，其實我們想跟艾倫道謝喲。」

「對。我們想跟妳道謝。」

「……道謝嗎？」

艾倫歪著頭。華爾接著說：

「我們之前說過，這件事只有妳做得到。」

「沒錯。只有妳能做出判決。」

聽懂雙女神指的是對海格納王的定罪，艾倫默默挺直腰桿。

「我們女神必須圓滑地讓世界運轉。話雖如此，卻也不是說偏袒精靈就行。」

「在外人眼裡與鄰國男人犯下的罪相比，不能靠近夜晚的小傢伙根本不是什麼大問題。

然而反過來說，這才是最要命的事。」

「如果那個男人遭到精靈完全捨棄，再來就會被相同國家的人殺死。接著鄰國的國王會變成新的傀儡，宣稱夜晚的小傢伙被人奪走而掀起戰爭——這是一個未來。」

所以才不能偏袒任何一方——雙女神再次重申。

「多虧有妳，白天的小傢伙也得救了。」

「妳們是說……艾雷嗎？」

「那個小傢伙也是長年不相信人類，因為人類多年來都在迫害牠重要的半身。」

「牠同樣無法容忍夜晚的小傢伙喜歡人類……所以才會更在意憧憬夜晚那個小傢伙的人類吧。」

「…………」

企圖奪走艾倫重要之物的杜蘭確實不可原諒。但艾倫可以理解他是因為喜愛精靈，才會走上歪路。

（我本來覺得自己處置得太溫吞。但既然艾雷得救了……）

「呵呵呵，是呀。不過艾倫，妳保持這樣就好嘍。」

「啊。」

「多虧妳留了點情面，男人和白天的小傢伙都得救了。同時這一點也會改變那男人。」

察覺沃爾看穿了自己的心，艾倫一陣驚慌，雙女神卻以慈愛的目光看著她。

「……改變那男人？」

賈迪爾這麼問道。雙女神忍不住大笑。

「因為那個男的最喜歡精靈啦！」

「是呀是呀。所以白天的小傢伙手裡握著他的韁繩！如此一來，就會比較好操控吧！」

見雙女神放聲大笑，艾倫和賈迪爾不禁面面相覷。

仔細一問，他們才知道一個只以羅雷為尊的國家，未來也會遇到危險。

雙女神帶領著人類，因此教會才會信仰象徵「光明」和「白晝」等明亮意義的她們。

海格納國卻反過來保護教會傷害、迫害的羅雷，與時不時就會找理由迫害羅雷的教會為敵，對雙女神來說等同於眼中釘。

「艾倫，真的很謝謝妳！」

「站在我們的角度來看，實在覺得人類既複雜又麻煩！本來還想乾脆一起定罪算了。這下得救啦～～！」

明白雙女神道謝的意義後，疲勞一口氣壓在艾倫身上。她嘆了口氣，看向一旁，發現賈迪爾似乎也懷著同樣的心情。

（海格納的國王感覺以後也會很辛苦。）

艾倫和賈迪爾看著彼此。一想到杜蘭未來會被雙女神任意操控，忍不住笑出來。

兩人嘻嘻笑著。

「這件事算是解決了嗎？」

「應該算吧。」

那個留在艾倫心中無法抹消的疙瘩，就這麼隨著笑聲消散了。

＊

他們維持這個模式，在夢中相會半年後，奧莉珍終於有了產兆。艾倫和羅威爾待在另一間房間，始終坐立難安。

羅威爾已經有了艾倫那次經驗，艾倫卻是頭一遭。

儘管她參加過設立在在凡克萊福特領治療院內的助產院舉辦的講習好幾次，一旦真的面臨這樣的狀況，依舊冷靜不下來。

「唉～～……雖然是第二次了，還是完全沒辦法習慣……」

羅威爾坐在沙發上，身體往前，兩手交握，低著頭說道。他面前的艾倫則是整個人貼著桌子，嘴裡唸唸有詞，專心致志地不知在紙上寫著什麼。

桌上放著許多字典。她唸著「不是這個，不是那個」，似乎在查些什麼。

「艾倫，妳在做什麼？」

羅威爾實在好奇，於是從艾倫身後看了看她在寫什麼。

只見紙上寫著替嬰兒換尿布的做法、飲食注意事項，以及為初生嬰兒洗澡的做法等。

「……這是治療院發的講義嗎？」

「沒錯！」

「…………艾倫，儘管要說出這種話讓我無比糾結，但這是奶媽的工作喔。」

此話一出，艾倫一臉大受打擊。

「咦？咦？我們不用做嗎？」

「我懂妳的心情喔。妳出生的時候，我本來也想做這些，結果被罵到臭頭，所以這次大概也不會讓我們做吧。」

「咦咦——！」

在精靈界，對待女王子嗣的方式跟人類貴族沒兩樣。艾倫也確實有奶媽。

為了事前練習，艾倫一直在凡克萊福特領的助產院中擔任義工。

羅威爾見狀，知道要是弟妹出生，艾倫一定也想做這些，卻始終說不出實情。

「現在這個時代，男性也應該參與育兒！」

「咦？嗯，這在治療院也有說過呢。」

「跟有沒有奶媽無關！因為想做，所以要做！這點最重要！」

「啊！艾倫，妳說得對！我也這麼想喔！」

艾倫明明強烈希望羅威爾讓孩子獨立，這下卻也變得跟羅威爾一樣了。在房內待命的女僕們見狀，全部一臉鐵青。

「啊～……我好想到奧莉身邊去，一直陪著她……」

「我也是……」

雙方都擔心著奧莉珍。這樣的狀態持續了將近十個小時。

「希望城堡不要半毀就好……」

同。

「咦！」

羅威爾不經意說出的這句話，令艾倫發出訝異的叫聲。據說精靈生產時，不准丈夫陪同。

因為在新生兒出生的瞬間，會與母體的魔力互相碰撞，很容易發生嚴重的意外事故。

聽到嬰兒在出生瞬間，難保不會殺死母親，艾倫感到非常震驚。

況且奧莉珍的力量很強，生下艾倫的時候，所有人也是嚴陣以待。

羅威爾已經跟其他負責守護城堡的精靈們一起強化城堡的結界了，難道衝突力道會大到打破這樣的結界嗎？

（爸爸，你等一下！你現在說這個，不是等於立了一個死旗嗎！）

艾倫忍不住冒出冷汗。當她知道自己和羅威爾等待的地方距離奧莉珍最遠，也是基於這個理由，臉色只能發青。

「艾倫出生的時候，城堡幾乎全毀喔……」

「對不起啦——！」

艾倫出生時，似乎也是搞得驚天動地。就在他們聊到這裡的時候——

轟隆隆隆隆隆隆隆隆……

地鳴從奧莉珍所在的方向傳來，城堡也跟著晃動。

「出生了嗎？」

「咦咦咦咦咦？」

呱呱落地的聲音居然是地動與地鳴，這未免也太誇張了。羅威爾急忙起身，艾倫也在巨大的文化衝擊中，跟著從沙發站起。

接著下一秒──

轟隆隆隆隆隆隆隆隆隆隆隆！

第二波衝擊傳來，艾倫和羅威爾的腳步因此晃了一下。

「咦？」

「兩次？」

羅威爾與艾倫面面相覷，然後急忙趕到奧莉珍身邊。

＊

在設下好幾道魔法陣的另一側，大精靈察覺艾倫和羅威爾趕來，笑容滿面地說：

「羅威爾大人、艾倫公主，恭喜您們！是龍鳳雙胞胎！」

「哇啊啊！雙胞胎——！」

「奧莉，幹得好！」

是男生和女生。

新的家人誕生了。羅威爾和艾倫含著淚，互相擁抱。

當他們張設好結界，抑制兩名嬰兒的力量，並接受雙女神的祝福之後，艾倫和羅威爾這才終於能去見奧莉珍。

現在嬰兒們正被奶媽和女僕抱去洗澡。

雙女神說要去某處報告，跟艾倫和羅威爾說了一句祝賀後，馬上就離開了。

「媽媽！」

「奧莉！」

兩人來到奧莉珍躺著的床邊。儘管面露疲態，奧莉珍依舊笑著面對他們。

「肚子裡居然有兩個人，嚇死我了～」

「是啊，奧莉……謝謝妳。」

羅威爾親吻奧莉珍，她也開心地笑了。

「媽媽……嗚嗚……」

看到艾倫感動落淚，奧莉珍發出「哎呀哎呀」的感嘆聲，躺著撫摸艾倫的頭。

「艾倫妳真是的，都當姊姊了，不能哭喲。」

「嗚嗚～～我只哭到今天～～」

「那就沒辦法了。」

艾倫用袖子擦乾眼淚，親吻奧莉珍的臉頰。

羅威爾就這麼以憐愛的視線看著似乎被弄得很癢的奧莉珍，以及又哭又笑的艾倫。

「衝擊波有兩次，我還以為是妳出了什麼事呢……」

羅威爾說完這句擔憂，艾倫也點頭附和。

「我也嚇了一跳喲～接生第一個孩子的大精靈一個大意，就被彈飛了喲。」

「天啊……大家都沒事嗎？」

「呵呵呵，沒事啦，房間也沒壞。大家都很高興只出了這麼一點小狀況喲。」

一想到精靈分娩都這麼激烈，艾倫不禁兩眼無神。

「哎呀，這次還算好的喲。因為生艾倫的時候，城堡都壞了嘛。」

「哇啊啊！我真的很抱歉啦！」

最近艾倫經常聽到「妳那時是這樣」。

聽到這種話，她也只能道歉。

「還有，小奧也很誇張啊。我聽說敏特有好一陣子不能見剛出生的凡喲。」

「凡他們家是這樣嗎？」

「畢竟是以野獸的模樣分娩，亢奮的母親難保不會殺死父親呀。」

「噫……居然這麼野性暴力……」

後來艾倫仔細一問，才知道白虎一族在前一個月——也就是嬰兒睜開眼睛前，母親都會和嬰兒窩在房間裡，不與父親見面。

奧莉說，敏特在見到嬰兒前，一直坐立難安。

當他們聊著這些之際，一名大精靈隨著一句「打擾了」，帶著用包巾裹著的雙胞胎前來。

「哇啊啊！」

首先是奧莉珍和羅威爾，然後才輪到艾倫看。

「頭髮……跟媽媽一樣！」

「真的耶。不過側邊的翹髮果然跟羅威爾一模一樣！」

嬰兒帶有奧莉珍的銀白色髮絲，以及明顯承襲羅威爾的側邊翹髮。明明是剛出生的柔軟髮絲，卻只有這撮翹髮富有彈性地躍動著。

「弟妹是不是跟妳一樣，會比較像奧莉啊？」

「說不定比較像爸爸喔！」

兩人興奮地討論著嬰兒不遠的未來。

「對了，名字要怎麼取？」

「要等這兩個孩子睜開眼睛，力量安定之後吧。倘若不知道他們掌管什麼，也沒辦法取名呀。」

艾倫的名字取自元素(element)。精靈都會從掌管的屬性當中推敲名字。

取與掌管的事物有關的名字，能增幅精靈的力量。當然也有精靈會取無關的名字，然而如此一來，名字就會束縛精靈的力量，也代表這名精靈沒有受到祝福，被視為不吉利。

「不知道他們掌管什麼？好期待喔～～」

「奧莉看過眼睛的顏色了嗎？」

「聽說現在是紅色。不過艾倫那時候也是，說不定等力量穩定後，也會像她這樣發生改變吧。」

「我是這樣嗎？」

「不知道會不會跟妳的眼睛一樣漂亮耶？」

「如果跟艾倫一樣很好呀。我第一次看到的時候，真的覺得美得讓人感動。」

「是啊，感覺是象徵世界的顏色。」

奧莉珍和羅威爾想起艾倫出生時的事，熱絡地聊著。

而艾倫第一次聽說，總覺得有些害羞。

「我覺得媽媽和爸爸的眼睛顏色也很棒！」

「哎呀。」

「妳可真會說話。」

他們就這樣抱著期待，等待揭曉雙胞胎的瞳色會像誰。接著五天後，雙胞胎的眼睛終於睜開了。

兩人都是紅紫色的眼眸，是將奧莉珍和羅威爾的顏色混合後，潤飾得更美的顏色。

另外還有一點惹得艾倫哈哈大笑。

「天呀啊啊啊～～！跟羅威爾一模一樣！怎麼這麼可愛！」

「有兩個爸爸！」

奧莉珍和艾倫非常興奮地呵護著嬰兒。然而羅威爾被眼神凶惡的雙胞胎盯著，心境總覺得有點複雜。

＊

奧莉珍平安分娩後，過了大約兩週。

他們總算開始準備賈迪爾的半精靈化儀式。

這次因為奧莉珍剛歷經生產，雙女神和亞克也會以輔佐的名義與會。

「其實可以再晚一點啊……」

賈迪爾一臉愧疚地這麼說。然而雙女神說再等下去，他的靈魂反而會有危險。

而終於等到儀式前一天，艾倫拜託綴特拉帶她到賈迪爾夢中，比別人早一步移動。

「艾倫！」

賈迪爾看到艾倫，開心地跑到她身邊。艾倫也對他揮了揮手。

「妳怎麼會來？」

「呃……我有話想跟你說……」

「有話？對了，我們去沙發那邊吧。」

不知道為什麼，艾倫和賈迪爾在夢中養成了牽手的習慣。

今天兩人也是一見面就牽手，然後坐在沙發上。

「我、我跟你說……是關於艾米爾的事……」

「艾米爾？」

自從那件事後，他們就不曾提到這個名字，賈迪爾的臉色因此暗了下來。

「……我聽雙女神說過，知道整件事的始末。雖說她是我的表妹……但我很抱歉，居然牽連到妳。」

「沒關係，我不是要說這個啦。況且你救了我啊，所以沒關係！」

見賈迪爾低頭道歉，艾倫慌慌張張搖頭表示她不是來興師問罪的。

「我跟你說喔……我那時本來想淨化跟詛咒同化的艾米爾靈魂，所以碰到了她等同於核心的心情。」

哭。」

「就是她和詛咒同步的心情……應該說是她的根本吧？當時艾米爾……其實一直在

「核心的……心情？」

她哭著尋找母親和父親，哭喊著她很寂寞。

艾倫一五一十地將當時感覺到的心情全告訴了賈迪爾。

「我覺得她一直都很寂寞。唯一會站在她這邊的人是艾齊兒小姐，艾齊兒小姐卻說討厭

她，她才會一直哭。我猜這就是她和詛咒同化的起因……」

「姑母她……」

賈迪爾一臉沉痛。艾倫接著老實地道出她一直沒說的事。

「當時我聽著艾米爾的哭聲，這麼想著：『她跟只是迷路的孩子，又有什麼不一樣

呢？』……覺得她只是個哭喊著找媽媽的小女孩。」

「……嗯。」

「我當時還想，淨化到底是什麼？我想做的事，是消除一切記憶，把那個靈魂擁有的一

切──包括已經變成詛咒的感情和記憶──全都抹除。那個一直哭的孩子……卻叫著她害怕

消失，說她很寂寞。」

「艾米爾嗎……？」

「所以我……告訴她，既然覺得寂寞，那我來陪她。」

「…………咦？」

賈迪爾訝異地瞪大眼睛，似乎聽不太懂艾倫說了什麼。

「我告訴一個殘破不堪的靈魂，說我會陪著她。我把她納入自己的體內，要她先睡一覺……等她醒來，我會陪著她。」

「……咦？咦？意思是艾米爾的靈魂……現在在妳的體內？」

心慌意亂的賈迪爾想盡辦法要消化這件事。

只見艾倫點了點頭說：「沒錯。」

「聽說這個叫做『選定靈魂』。我什麼都不知道就做了選定……」

選定靈魂的意義——是為了讓女神產下新時代。而艾倫選擇了艾米爾。

當艾倫解釋完這些，賈迪爾整個人震驚得失神，僵在原地。

「……賈迪爾？你還好嗎？」

「抱、抱歉……我太驚訝了……艾米爾在妳的體內……？」

他依舊不敢置信，直盯著艾倫，似乎是想在她身上尋找有沒有艾米爾的痕跡。

「那個……妳不會不舒服……身體都還好嗎？」

「艾米爾的靈魂已經殘破不堪，現在沉眠著，所以似乎不會變成女神。可是如果她醒了，我想陪在她身邊。」

接下來，艾倫和賈迪爾將會攜手共進，互相陪伴。

為了不在未來嚇到賈迪爾，艾倫選擇事先據實以告。

「說實話……我太驚訝了，不知道該說什麼才好……」

「呃……嗯，我想也是。對不起，我這麼唐突。」

「啊，沒關係。重要的是……我必須向妳道謝。」

「咦？為什麼？」

「選定靈魂……我現在知道這是妳身為女神要背負的職責。但我更清楚的是，妳拯救了艾米爾。」

「拯救……？」

「艾米爾一定抓住妳的手了吧？」

艾倫瞬間想起當時艾米爾的靈魂靠近她，喃喃說了一句話。

「她說好暖和……」

「……這樣啊。」

她當時心疼艾米爾的感情再度湧現，一滴滴淚水就這麼落下。

賈迪爾替艾倫擦拭淚水。她靜靜地哭著，並吐出一直藏在心底的話語。

「……我覺得那可能是我的自我滿足……」

「艾倫，沒這回事。妳不用凡事都往身上攬。」

賈迪爾溫柔地抱緊她。

「圍繞在我身邊的詛咒，以及艾米爾的靈魂，毫無疑問都是妳拯救的。」

「……真的……嗎？」

「真的。況且妳也救了我。一想到未來能和妳在一起，我就期待得不得了。」

「你也救了我喔……」

「呵呵呵，那可真是令人高興。」

賈迪爾再度抱緊艾倫，親吻她的髮絲。

「艾倫，妳可以不用獨自扛著這些，以後讓我跟妳一起背負吧。」

「賈迪爾……」

「艾倫，我愛妳，讓我永遠跟妳在一起吧。艾米爾醒來之際，我也要在一起。」

賈迪爾說完，不停輕吻艾倫哭泣的臉。

當嘴角被親，艾倫這才瞪大眼睛。

他們四目相交，然後緩緩閉上雙眼，落下輕觸彼此的溫柔一吻。

＊

艾倫跟著奧莉珍來到城堡地下室，說是要舉行賈迪爾的半精靈化儀式了。

雙女神、亞克，還有羅威爾已經在現場等待。

雙女神看到艾倫和奧莉珍，對她們揮著手。艾倫和奧莉珍也揮手回禮。

地下室的中央有個巨大的白色魔法陣，以及一個像台座的東西。

隨著大門開啟，艾倫看到這個封閉的空間，想起囚禁亞克的學院地下室，臉色因此有些難看。她的腳卻出乎意料地帶她抵達台座。

想必是因為魔法陣正在發光，讓這裡就像雙女神的神境那樣一片雪白，非常明亮。

倘若這裡光線晦暗，她一定會猶豫該不該往前。

「讓人想起羅威爾那次儀式耶。」

華爾邊說邊動手，台座上方隨即跟著發亮。

下一秒，躺在一旁的賈迪爾身體飄到半空中，接著放在台座上。

他的身體周遭依舊張設著結界。

艾倫看到臉色蒼白沉睡的他，忍不住跑向前。

「艾倫，放心吧。」

沃爾笑嘻嘻地將手放在艾倫的雙肩上。

「接下來要開始半精靈化嗎……」

羅威爾皺著眉頭，喃喃說道。

一想到自己的身體也是用這種方式半精靈化的，心情就有些複雜。

「羅威爾那時候很難辦喲，因為奧莉珍一直哭個不停。」

「就是呀～而且身體已經殘破不堪，結果必須從頭製作素體。」

「……素體？」

聽到一個不解的單字，羅威爾有了反應。

「哇、哇哇哇……！」

這讓艾倫驚慌失措，因為羅威爾不知道自己的身體幾乎都被替換成人造物。

奧莉珍刻意沒有把這件事告訴羅威爾，因此艾倫驚慌地輪流看著奧莉珍和羅威爾，心想這是可以現在公開的事嗎？

「你的身體不是在魔物風暴嚴重損毀嗎？」

「就是呀，要修復你的身體，真的很費工夫。」

「……既然修復了，素體又是什麼？殿下的身體也會用到素體嗎？」

「所謂的素體，就是沒有靈魂的精靈身體。靈魂一旦脫離身體，就不會再與那具身體契合。所以得把原本的身體當成容器，再做出一具新的身體……」

奧莉珍失落地說出真相，羅威爾聽了，一臉詫異。

接著，他低頭看了看自己的身體，露出恍然大悟的表情。

「這樣啊！所以才不會變老啊！」

「爸爸，那是重點嗎？」

原以為事情會變得很嚴重的艾倫忍不住吐槽。奧莉珍也意外地愣在原地。

隨後，斗大的淚水從她的眼眶落下。羅威爾和艾倫都訝異不已。

「我、我……擅自把你的身體……」

「噢，重點是這個啊……奧莉，過來吧。」

羅威爾擁抱哭泣的奧莉珍，在她的額頭落下一吻。

「只要能和妳在一起，妳要對我做什麼都無所謂喔。」

「羅威爾……」

「而且多虧妳，我才能再見到母親和弟弟。妳還給了我好多好多家人。我那個時候可是放棄一切，沒有比這個更令人開心的事了。」

「…………」

「奧莉，謝謝妳願意讓我陪在身邊。」

「嗚……親愛的～～！」

看到兩人互相擁抱，艾倫鬆了口氣。

奧莉珍從前有多愧疚，現在的表情就有多如釋重負。

（陪伴……好棒喔……）

艾倫也想成為這樣的夫妻——當她這麼想，腦中瞬間浮現某個畫面，一張臉迅速漲紅。

（哇！哇！哇！）

她左右甩頭，試圖甩開妄想。

抬起頭的她正好和沃爾對上視線，結果沃爾不懷好意地露出笑容，彷彿表示她都看穿了。

（哇啊啊啊啊啊啊啊！）

「呵呵呵，艾倫真是的，好可愛！」

沃爾一把抱住艾倫，艾倫整個人陷進豐滿的胸部中。

「唔咕嗚嗚嗚嗚！」

「哎呀～好好喔～我也想抱緊艾倫！」

「艾倫抱起來真的好舒服，會整個陷進去！」

「哎呀，真的耶！」

連華爾都來了！艾倫下意識想找亞克救她。

但亞克本人似乎是等得不耐煩了，不斷點頭打瞌睡。

（睡著了！）

悶死……！當這個名詞掠過腦海的瞬間，羅威爾拯救了艾倫，艾倫直喘氣。

「真是一點都不能大意！」

「討～厭，艾倫！」

「對不起喲，畢竟艾倫太可愛了，我們實在忍不住。」

雙女神呵呵笑道。艾倫就這麼躲在羅威爾身後，防備雙女神。

「天啊，難道艾倫討厭我們了……？」

「怎麼會，艾倫……！」

「嗚嗚……我還以為會被殺死……」

「啊——對不起！」

「我們不會再這樣了！」

「夠了，妳們都不准靠近艾倫！兩個墮落女神！」

羅威爾低吼著保護艾倫，原本哭泣的奧莉珍也露出微笑。艾倫見狀——

（太好了……）

能無憂無慮當然是最好的。羅威爾不斷對雙女神破口大罵，一旁的亞克都快躺下來睡覺了，羅威爾於是把他挖醒。

亞克揉著眼睛問：「還沒好嗎……？」羅威爾這才拍了拍手，想快點完成儀式。

「奧莉，妳的身體沒問題嗎？」

「沒問題，大家都會幫我的。」

「這樣啊……妳千萬別勉強。殿下的事是其次。」

「爸爸！」

面對生氣的艾倫，羅威爾不以為意。雙女神看了忍不住嘆氣。

「人家明明是艾倫的救命恩人耶。」

「就是呀。真是自私自利。」

「妳們才沒資格說我！」

羅威爾緊咬著雙女神不放。但奧莉珍和雙女神無視他，開始進行儀式。

數道魔法陣以奧莉珍為中心展開，雙女神則像是要支撐她般地在旁輔佐著。

接著只見亞克聚集起周遭的魔素，看似正為奧莉珍助勢。

艾倫只看得見力量的動向，卻看不懂到底在做什麼。

這樣的狀態持續了好一會兒。下一秒，環繞在奧莉珍周圍的魔法陣全被賈迪爾的身體吸了進去。

接著，奧莉珍朝上空舉起手，現場隨即出現宛如七彩肥皂泡泡的發光球體，輕輕飄在空氣中。

儘管知道七彩色調是基於光線干涉而成的，感覺卻是眾人熟悉的色調。

「小少爺有艾倫的保護耶。」

「呵呵呵。」

雙女神看到七彩的光芒，開心地笑著。

然而最先注意到話中含意的羅威爾扭頭蹙眉。

但他不能大吼而打擾到奧莉珍，因此現場非常安靜。倒是艾倫一直靜不下來。

（討厭——！）

她的臉色已經不知道該說是紅潤還是鐵青了。她站的位置不會被羅威爾看到表情，可說是不幸中的大幸。

那個發出七彩光暈的物體，其實是和艾倫締結契約的賈迪爾靈魂。

靈魂來到平躺的賈迪爾胸口一帶，隨即被吸入體內，消失無蹤。

接著，現場發出「喀」的一聲，彷彿碎片嵌合的聲響。

發光的魔法陣緩緩消失，包覆著賈迪爾的結界也一同消滅。

「呼……」

奧莉珍吐出一口氣。艾倫不禁問：「結束了嗎？」

「是呀，結束了。再來只要等他清醒就行嘍。」

聽了奧莉珍的話，艾倫同樣鬆了口氣。

「奧莉珍，辛苦啦！羅威爾清醒花了一年時間，不知道小少爺會花上多久？」

「呃……這麼久嗎……？」

「哎呀，我沒說過嗎？」

「妳說……半精靈化要半年後……啊。」

沒錯。得先等待奧莉珍分娩，接著才進行賈迪爾的半精靈化。

艾倫確實聽說羅威爾那時花了一年才醒來。

想起這件事的她失落不已。

（我還以為可以馬上跟他說話……要再去拜託綴特拉了。）

羅威爾見到艾倫的表情，看似有所察覺，但又複雜地想著：「不可能，我的女兒才不會……」

雙女神見狀，「哎呀哎呀」地感嘆。

「和艾倫有關的事就這麼敏銳。」

「我都覺得能隱瞞半年很有一套了……」

這時，一道男性的低吟蓋過雙女神的聲音。

「咦？」

艾倫急忙跑到賈迪爾身邊，奧莉珍等人也訝異不已。

「哎呀……這麼快？」

「嗚……」

賈迪爾皺著眉頭。由於室內太亮，想睜開眼睛的他才會發出低吟。

「小少爺的身體毫髮無傷，所以素體只用了最基本的量。但我真沒想到靈魂這麼快就完全嵌合了。」

施術的奧莉珍也非常驚訝。

不過現階段並未像羅威爾那樣，出現髮色或其他特徵的變化。

或許就是因為他沒有那些變化，才會這麼快清醒。

「……艾……倫？」

「賈迪爾！」

艾倫緊緊抓住賈迪爾的手。賈迪爾借助那股力量，一邊低吟著，一邊撐起身子。

「眼睛……」

「眼睛？你的眼睛怎麼了？很刺眼嗎？」

「世界……」

賈迪爾一愣一愣的聲音讓艾倫憂心忡忡。卻見他的眼睛就這麼緩緩睜開。

「天哪！」

「哎呀哎呀！」

也難怪雙女神會如此驚訝——賈迪爾的眼睛變得跟艾倫一樣七彩奪目。

不過似乎受他原本的瞳色影響，多了一點藍色。

「…………這是怎麼回事？」

一看到賈迪爾的眼睛，羅威爾便發出低沉得不能再低的嗓音。

室內溫度宛如跟他的聲音同步般開始下降，屋裡四個角落受到羅威爾的魔力影響，緩緩凍結。

（糟了！）

艾倫本能感覺到危險，情急之下跳到賈迪爾和羅威爾之間，在賈迪爾身體周遭做出石壁，將他圍起來。

砰——此時好幾支冰之箭巧妙地避開艾倫，攻擊石壁。

看到那道毫不留情的攻擊，奧莉珍和雙女神都傻了眼。

「爸爸！」

「艾倫，妳讓開，爸爸幫妳把那東西清掉。」

羅威爾滿面的笑容讓艾倫直打冷顫，但她依舊瞪著羅威爾大吼：

「姊姊們！」

「咦？叫我們？」

「哎、哎呀，要做什麼……？」

「請讓賈迪爾到雙女神的神境避難！」

「哎呀。」

「沒、沒辦法了。我沒想到會惹羅威爾這麼生氣。」

雙女神快速地轉移賈迪爾。艾倫知道雙女神的神境連奧莉珍的力量都無法干涉，所以羅威爾沒辦法下手。

「嘖！」

羅威爾毫不避諱地咂嘴，然後直接對著艾倫開口：

「艾倫，妳為什麼要瞞著我？」

「因為你會殺了賈迪爾。」

「這不是廢話嗎？竟敢擅自跟我女兒締結契約……真是令人不快。」

「契約是我自己的事，我可以自己決定！」

「那妳為什麼好死不死跟那傢伙的兒子……！」

對羅威爾來說，汀巴爾王族就是如此令他厭惡的對象。

這是源於羅威爾幼時的爭端，艾倫也沒有立場說三道四。

「救了艾倫的謝禮已經用半精靈化抵銷了吧？跟艾倫締結契約簡直豈有此理！」

羅威爾不知道艾倫締結契約的意義，所以才會這麼生氣。奧莉珍察覺這點，急忙上前解釋。

「親愛的，和艾倫締結契約是精靈化的必要條件呀。」

「什麼……？」

奧莉珍一臉愧疚地說：「我沒跟你解釋過吧。」

「就像你跟我一直維持契約，即使已經半精靈化，靈魂仍是人類。如此一來，半精靈化的身體和靈魂之間的力量無法取得平衡，所以和女神締結契約是必要條件。」

「那根本用不著跟艾倫締結契約吧！」

羅威爾大叫，伸手指向雙女神。艾倫見狀，也愣愣地看著雙女神，喃喃說著：「……的確。」

當時談話的走向理所當然地變成由艾倫來締結契約，卻沒人說出雙女神無法締結契約的理由。

「哎呀，矛頭指向我們了。」

「哎呀，討厭，穿幫了。因為……對吧？」

雙女神感覺忸忸怩怩的。

艾倫也一臉疑惑地看著她們。只見華爾用手肘撞著沃爾。

感覺像是在催促她說出來。

「因為我們覺得他跟艾倫締結契約，羅威爾的反應會比較有趣嘛。」

沃爾帶著滿面笑容說道。華爾也在一旁大笑。

「妳們兩個！」

羅威爾盛怒之餘，對著雙女神射出冰之箭，威力絲毫沒有留情。

奧莉珍已經習慣這種場景，輕輕帶著僵在原地的艾倫到房間角落避難。

「因為要是不這麼做，艾倫會一直埋藏自己的感情，不會有自覺嘛～～！」

「就是呀！小少爺也希望走上這樣的未來，我們只是幫了他一把呀！」

她們想必知道箭會從哪裡飛來，從容地閃躲所有冰之箭。

「開什麼玩笑啊啊啊啊！」

「呀～～羅威爾氣噗噗～！」

「呀～～快逃～～！」

雙女神開心地轉移逃走。

「該死！就只有逃跑的時候總是這麼快！」

「真是的，你也一樣下手很快呀。」

奧莉珍告誡羅威爾，說他怎麼能對姊姊射箭。

艾倫一時之間跟不上事情的進展，只能愣在原地。但聽到雙女神說的話，她揪著自己的胸口。

確實如她們所言，為了不用戀愛的眼光看著賈迪爾，艾倫刻意隱藏自己的心情。對方與凡克萊福特家息息相關，所以她一直拿「被詛咒」這個免死金牌，不與對方扯上關係。

然而不知為何，唯有精靈祭之際，艾倫聽見賈迪爾的聲音了。好幾年都是如此。她敗給賈迪爾那道純粹又真摯的聲音，於是偷偷去看他。她當時想必已經受到賈迪爾吸引了。

「艾倫！」

「呀！」

艾倫被羅威爾的吼聲嚇到，這才察覺自己躲進思緒裡了。

「快解除契約！」

聽到羅威爾不分青紅皂白這麼說，她也惱火了起來。

「我不要。」

「艾倫！」

「我——」

艾倫一邊想著賈迪爾對她說的話，一邊筆直望著羅威爾說：

「以後要跟賈迪爾一起走下去。」

見艾倫一臉認真，羅威爾目瞪口呆。在羅威爾身旁的奧莉珍也發出驚呼：「哎呀！」

「什、什……」

「爸爸。」

「什、什麼事……艾倫……」

或許是因為太震驚了，羅威爾明顯倉皇失措。只見艾倫對他咧嘴一笑。

「請你讓孩子獨立。我也會讓自己獨立。」

羅威爾的嘴角不斷抽搐。一旁的奧莉珍說道：

「哎、哎呀……艾倫也生氣了……」

羅威爾受到雙女神警告，他的行動關乎艾倫的成長。就是因為他這一連串過度保護的行為，成了阻礙艾倫成長的原因。

為了讓艾倫成長，羅威爾此刻讓孩子獨立，是很重要的環節。

他深知此事，更是一句話都說不出口。艾倫就這麼把呆站在原地的羅威爾交給奧莉珍，自己轉移離開了。

雙女神讓賈迪爾避難，所以她前往凡克萊福特家，準備給她們的謝禮。

＊

羅威爾看到艾倫那副認真的表情，整個人蒼白得像是燃燒殆盡了。

看到他如此大受打擊的模樣，奧莉珍苦笑著。

「親愛的，你被撂狠話了耶。」

「怎麼會……怎麼會……艾倫她……」

「我不會要你馬上做到，不過在一旁默默守候也很重要吧？」

「奧莉……」

羅威爾的臉扭成一團，跪在地上啜泣。奧莉珍溫柔地抱著他的頭撫摸。

「要是再說些有的沒的，你會被討厭喲。」

他的肩頭一顫。唯有這點務必要迴避。

「能不能趁機宰了……」

「倘若東窗事發，到時候就不只是討厭你這麼簡單嘍。」

「嗚嗚……我果然早該宰了他……」

儘管嘴裡說著駭人的言詞，羅威爾卻是前所未有地沮喪。

亞克從剛才開始就不發一語，看著一切始末。但他實在不懂艾倫所說的那句話是什麼意思，不禁皺起眉頭。

最後，他以求助似的眼神看向奧莉珍，問道：

「一起走下去是什麼……意思？」

亞克恐怕是因為艾倫這句話，以自己的方式感覺到不安了。

「應該是指結婚吧？」

奧莉珍毫不留情地拋下對現在這個場面而言堪稱地雷的名詞。想當然耳，羅威爾和亞克過度震驚，雙雙昏倒了。

＊

艾倫突然造訪凡克萊福特宅邸，讓羅倫感到有些訝異，但仍爽快答應她的請求。

拿到伴手禮後，艾倫以念話呼叫雙女神，接著馬上被轉移到雙女神的神境。

「艾～倫！」

「妳沒事吧？」

沃爾和華爾揮著手，前來迎接艾倫。

「……我替爸爸跟妳們道歉。謝謝妳們讓賈迪爾來這裡避難。」

艾倫沮喪地道歉並道謝。沃爾見狀笑道：

「哎呀，妳不必在意喲。因為羅威爾幾乎精靈化了嘛，這也沒辦法。」

「咦……？」

面對這句沒頭沒腦的話，艾倫不解地歪頭。

羅威爾精靈化是怎麼回事？

「對，沒錯。儘管羅威爾只是半精靈，卻把身心都獻給奧莉珍。如果把人類和精靈放在天秤上，他會毫不猶豫地選擇精靈。即使是小少爺，只要他認真判斷對方會危害艾倫妳們，就不會有任何猶豫。」

「是呀。況且在妳出生之前，羅威爾都是那副模樣。感覺好懷念喲！」

就是呀——雙女神笑著這麼說。

「這、這笑得出來嗎？」

看到艾倫的臉皺成一團，雙女神雙雙動搖，發出「哎、哎呀……」的聲音。

「看來對艾倫來說，刺激可能太強了……」

「就……就是呀。畢竟我們一直被羅威爾追殺，所以已經習慣了……」

此時，華爾溫柔地對艾倫解釋：

「艾倫，羅威爾本來已經不會猶豫殺害人類了，因為他在小時候就被逼得憎恨一切。他甚至在半精靈化的時候，發誓要把一切獻給救了他的奧莉珍，所以才會對小少爺這個汀巴爾王族特別不客氣。」

「…………」

「小少爺的族人不是只會給精靈添麻煩嗎？所以他看到小少爺要染指自己想保護的妳，才會氣得二話不說要殺了他。」

艾倫的臉再度皺得歪七扭八。

見她的眼眶湧出淚珠，雙女神更慌了。

「所、所以呀，不能怪羅威爾會有那種反應……！」

「啊，艾倫！妳別哭！多虧有妳，羅威爾已經稍微可以親近人類嘍！」

「即使如此……即使如此……還是不可以面不改色地殺人……」

「也對！是這樣沒錯！」

「就是呀！下次我們就這樣告訴大家吧！」

雙女神拚命想安慰艾倫。艾倫覺得很開心，同時卻也很傷心。

現在回頭想想，凡也在拉菲莉亞被綁架時說過：

『吾是精靈。為什麼非得救人類的小孩不可？』

霍斯也說過：

『少往自己臉上貼金了，人類。爾等只是因為女王和公主殿下的善意才會活著。』

艾倫總是偏重人類那方。人類和精靈最根本的價值觀並不一樣。

（即使如此……曾是人類的爸爸討厭與憎恨人類……）

太悲傷了。艾倫不由得這麼想。

＊

艾倫被帶到賈迪爾所在的地方。當他看到賈迪爾整個人倒在沙發上，心都慌了。

「賈、賈迪爾！」

「艾倫，放心吧。他果然醒得有點早，只是這樣而已。」

「是呀，他的眼睛還沒習慣世界的顏色。」

「……世界的顏色嗎？」

「我們眼裡的世界有精靈才看得見的東西。」

「只有精靈……才看得見？」

「人類基本上看不見精靈，不是嗎？同樣的道理，小少爺現在一口氣看到我們覺得理所當然看得見的東西，所以累了。」

「啊……」

就像單色世界突然變得七彩繽紛那樣嗎？

艾倫來到躺在沙發上的賈迪爾身邊。賈迪爾隨即開口：

「……艾倫？」

「賈迪爾？你醒著嗎？」

「對啊。抱歉，我的眼睛還睜不開……我聽女神大人們說了。」

賈迪爾說著，從沙發起身。雙女神也使用力量，準備了桌椅。

艾倫把手上的伴手禮放在桌上，告訴女神那是謝禮。雙女神察覺裡頭裝的是點心，興奮地叫道：

「天～哪！好棒的點心！」

「我去拿茶過來！」

艾倫目送興沖沖做準備的雙女神，坐到賈迪爾身旁。

「艾倫，謝謝妳救了我。」

「不會，爸爸那樣對你，真的很對不起。」

艾倫想起羅威爾真心想殺死賈迪爾的那股殺氣，不禁淚流不止。

賈迪爾憑藉感覺察覺艾倫在哭，眼睛睜開一條縫，替艾倫擦拭淚水。

「羅威爾閣下以前曾直接對我說，要是我對妳做了什麼，他就會宰了我。所以妳別放在心上。」

「咦？」

「所以我原本就做好心理準備，知道總有一天會變成這樣了……不過他那麼不留情，倒是讓我覺得很乾脆。」

「咦咦？」

見艾倫如此驚懼，賈迪爾只能苦笑。

「這代表我們王族……就是把他逼到這個地步了……我真的很抱歉。」

「你、你不用道歉啦……！原因是陛下和艾齊兒小姐，不是嗎？」

「不，即使如此還是一樣。艾倫，我很抱歉自己成了導火線，但我並不想破壞羅威爾閣下和妳之間的關係。等眼睛能好好睜開，我想去找他談談。」

「賈迪爾……」

「況且要是眼睛看不見，我根本跑不掉嘛。我也不能永遠讓妳保護我，必須自己處理才行。」

賈迪爾呵呵笑道。艾倫卻一愣一愣地看著他。

此時，艾倫的臉突然皺成一團，眼淚也一滴滴落下。她沒料到會徹底踩到羅威爾的地雷，因此受了不少驚嚇。再加上父女倆過去從未如此大吵過，她也就更害怕和羅威爾見面。

正因兩人的感情好得令人欽羨，一旦關係破損，便更不知道該怎麼修復。

賈迪爾察覺艾倫的不安，才會告訴她解決的方案。

艾倫體會到他的溫柔，一直忍到現在的眼淚就像河水潰堤般湧出。賈迪爾聽到艾倫的嗚咽聲，將她抱在懷裡，輕柔地搓著她的背。

「嗚……嗚……我……跟爸爸……吵架……了……」

「……嗯。」

「嗚噎噎……爸爸……」

見賈迪爾搓著淚如雨下的艾倫後背，回到這裡的雙女神發出「哎呀哎呀」的感嘆聲。

「看來要艾倫獨立還太早了。」

「哎呀，那也沒辦法呀。不過艾倫和羅威爾真的一模一樣耶。」

雙女神嘻嘻笑著，一臉欣慰地看著艾倫和賈迪爾。

「艾倫和羅威爾閣下很像嗎……？」

即使髮色和髮型很相似，他卻不覺得長相與面對事情的應對進退很像。

見賈迪爾一臉不解，沃爾笑著這麼說：

「因為吵架而大受打擊，哭成淚人兒這點一模一樣呀。」

「他現在正對著奧莉珍大叫：『艾倫討厭我了啦～～！』一模一樣吧？」

雙女神不斷竊笑。賈迪爾聽了只能苦笑。

「艾倫，羅威爾閣下似乎也很後悔喔。等妳冷靜下來，我們一起去道歉吧。」

「…………」

聽了賈迪爾的話，艾倫抬起頭，一邊擦著眼淚，一邊以下定決心的表情說：

「我會去見爸爸……可是絕對不道歉。我現在還是很氣爸爸想殺死你！」

雙女神聞言不禁大笑。

「呵呵！真不愧是艾倫！」

「就是呀！所以羅威爾也鬥不過妳！」

雙女神笑到都流淚了。看到她們拿出手帕擦拭眼角，艾倫反而冷靜了下來。

「妳已經沒事了嗎？」

「嗯，謝謝你，賈迪爾。」

兩人放開彼此，在沙發上重新坐好。但賈迪爾的一隻手仍靠著艾倫的肩膀。

她這才察覺彼此之間的距離非常近，感到有些害臊。

「對了，我還沒問過艾倫吧？」

已經笑夠的華爾喝了口茶，隨即拋出話題。

「什麼事？」

「就是我們硬是要妳跟小少爺締結契約的事呀。妳後悔了嗎？」

「咦？」

「妳看嘛，羅威爾不是說，如果必須跟女神締結契約，也可以跟我們締結契約呀。」

「噢，對。」

「如果是平時的妳，應該會馬上發現這點。為什麼沒發現呢？」

「呃……」

經她這麼一問。為什麼自己沒有注意到呢？艾倫陷入沉思。

即使回想當時的事，她也只記得自己心急如焚，覺得賈迪爾會死掉。

「因為賈迪爾的情況讓我沒有餘力想其他事……」

艾倫有些難為情地據實以告，只見雙女神和賈迪爾瞬間定格不動。

「嗚嗚……艾倫……妳怎麼這麼堅強……」

「怎麼會這樣……嗚嗚……小少爺，你可不能再踰矩嘍。」

「！」

賈迪爾原本情不自禁想抱住艾倫，卻因為沃爾這聲敏銳的制止而迅速放開抓著艾倫肩膀的手。

「我懂你的心情，可是不行喲，艾倫的身體還太小了。」

「就是呀，你至少要再忍個幾年才行。」

「咳……咳咳！咳咳！」

「你、你怎麼了？沒事吧？」

賈迪爾滿臉通紅，不斷咳嗽。艾倫急忙搓著他的背。

「怎麼會這樣……我現在真切明白羅威爾的心情了……」

「就是呀……」

雙女神以憂心的眼神看著遲鈍的艾倫，吐出嘆息。

「艾倫，如果事情變成要由我們和小少爺締結契約，妳當時會反對嗎？」

「姊姊們跟賈迪爾締結契約……嗎？」

「沒錯，羅威爾提出了這個可能性，不是嗎？妳心裡是怎麼想的？」

「我的想法……」

艾倫一臉困惑。賈迪爾卻提心吊膽地守著她。

對他而言，有著要是雙女神突然說要跟自己締結契約，艾倫或許會允諾的恐懼。

艾倫則是不懂為什麼現在要問她這種事。

「我當時直接問賈迪爾了，問他是不是真的要選我。」

「是呀，妳的確問了。」

「然後因為賈迪爾說好……」

「還說了不討厭嘛。」

「對。」

「那要是在妳問他這些之前，他就要跟別的精靈締結契約了，妳會抗拒嗎？」

「咦？」

雙女神一臉興奮地不斷對艾倫提問。

一旦旁觀便會發現雙女神其實是在找艾倫樂子，這對賈迪爾來說卻是令人坐立難安的問題。

要是艾倫回答「無所謂」，賈迪爾絕對會一蹶不振……這些憂心全寫在他臉上了。

「嗯～……賈迪爾跟其他精靈締結契約……」

艾倫一邊說著，一邊看了賈迪爾一眼。

他拚命想睜開睜不開的眼睛，眉頭因此出現許多皺褶。

她感覺得到賈迪爾似乎相當焦慮，這才發現自己因為他說「我就要妳」而打從心底感到安心。

（我完完全全在依賴賈迪爾的溫柔……）

奇妙的是，和他在一起感覺十分舒心，自然而然會想依賴他。

艾倫發現這很像羅威爾帶給她的包容感。

（我現在體會到這種舒心的感覺，卻要被別人搶走……即使是在察覺這種感覺前……）

「我……不要……」

聽到這句脫口而出的話語，她自己也嚇了一跳。

「艾～～倫！」

「就是說呀，一定不要嘛！」

看到雙女神一臉高興，艾倫只覺得訝異，不知道她們為什麼要這麼開心，不由得看向賈

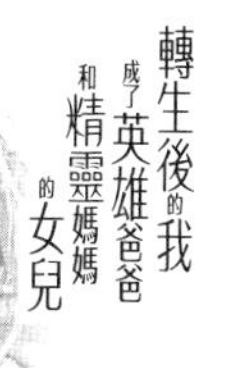

迪爾，結果瞪大了眼睛。

只見他從耳朵到脖子全都紅透了。

「～～！」

艾倫像是受到傳染，也跟著臉紅了起來。

她這才發現那番話完全暴露出自己的占有慾，卻已經為時已晚。

「艾倫，太好了～」

「看來沒問題，我就放心啦。」

「咦？什、什麼沒問題？」

「噢，對不起喔，問妳這種問題。這和妳的身體有關，很重要喲。」

「我的身體……嗎？」

「小少爺，你也要認真聽喲。屏除例外，我們或是精靈的外表年齡與精神年齡幾乎都一樣。而艾倫不是基於一些原因，阻礙了成長嗎？」

「的……的確。」

「這代表她的身體年齡和反應幾乎沒有落差。」

艾倫的身體從十歲開始就幾乎沒有成長。換句話說，她的感情受到身體影響，與十歲幾乎無異。

「啊……我很孩子氣嘛……」

艾倫以為這是在兜圈子說自己幼稚，不禁一臉沮喪。

「等等！艾倫妳的的確確就是個孩子喲！我們反而擔心妳在不好的方面太成熟了！」

「明明這麼成熟，身體卻完全沒有成長，我們才會發現異狀嘛。精靈如果內在早熟，身體也很快就會成長喲！」

「是、是這樣嗎？」

聽到這個意想不到的事實，艾倫大受打擊。

由於保有轉生前的記憶，她們都認為艾倫的成長速度會更快。

沒想到結果卻完全相反。知道奧莉珍和雙女神之前都非常擔心，艾倫實在抬不起頭來。

而聽到每次出事，奧莉珍都會找雙女神商量，艾倫非常感動。

「媽媽……」

「每次妳昏倒，她都很擔心。晚一點記得去道謝喲。」

「沒錯。然後呢，問題現在才開始。艾倫成熟的態度中，只有一樣一直沒長大。」

「咦？」

「呵呵呵呵！」

「哦呵呵呵呵！」

說了這麼多，艾倫總算茅塞頓開想通了。雙女神這是在拐著彎要她培育戀愛感情。

「～～～～！」

見她滿臉通紅，雙女神開心地笑了。

「她聽懂了！」

「太好啦！往前一步了！」

雙女神互相擊掌，顯得十分開心。

「小少爺，艾倫現在才剛察覺自己的感情。」

「所以你別著急，陪在她身邊吧。即使如此，也不可以三心二意喔。否則到時候我們會跟羅威爾一起參戰喲。」

「你會變成這世界所有女神和精靈的公敵，要銘記在心喲。」

聽到兩人迂迴地語帶威脅地對賈迪爾施壓，艾倫一臉鐵青，不禁望向自己身旁。

只見賈迪爾儘管瞇著眼，依舊衝著雙女神微笑。

「我可以對女神大人發誓，絕對不會發生那種事。」

「……哎呀。」

「……這孩子感覺很像誰耶。」

兩人蹙起眉頭，不斷盯著光明正大地如此斷言的賈迪爾

聽到他的宣言，艾倫自覺心臟頓時跳得飛快，或許還臉紅了。

為了不讓人知道自己在害羞，她默默將視線挪開。

「我知道了！這孩子骨子裡跟羅威爾一模一樣！」

「哎呀，討厭！真的耶！他一定是個悶騷鬼！」

面對女神意想不到的發言，艾倫和賈迪爾同時發出「咦」的聲音。

「爸爸和賈迪爾……？」

「我跟羅威爾閣下很像嗎？」

艾倫和賈迪爾似乎也不懂到底哪裡像了。

「不過即使再怎麼像，我實在很想否定悶騷鬼這點……」

「咦？賈迪爾，你說了什麼嗎？」

賈迪爾小聲呢喃，艾倫歪著頭表示沒聽見。結果他不斷搖著頭，慌張地說著「沒什麼」。

雙女神在嘆息中說：

「羅威爾實在很難對付。」

「就是呀。一旦嘲笑他，他就會反過來加以利用，然後開始甜言蜜語。你們絕對一模一樣！」

即使雙女神這麼說，艾倫依舊聽不出什麼所以然。反倒是賈迪爾說了聲「原來如此」，似乎發現了什麼。

『這樣妳願意相信我的心意了嗎？我愛你喔。』

艾倫一個大意，忘記賈迪爾已經可以使用念話了。

她漲紅了臉，大叫著：「哇————！」

＊

當天，艾倫實在很猶豫要不要回精靈城。

雙女神察覺艾倫的心思而體恤她，說她可以在神界待到賈迪爾的眼睛能正常看見為止。

艾倫訝異地眨了眨眼。

「……可以嗎？」

「可以呀。只不過不可以讓奧莉珍他們擔心，妳得乖乖聯絡他們才行。」

「還有，妳要來我們這裡住。我們會準備別的地方給小少爺。」

「好，謝謝妳們！」

「明天小少爺的眼睛就看得見了。不過別說一天，妳要一直待下去也沒關係喲。」

沃爾這麼說著，還拋了個媚眼。

這句話拯救了艾倫。她現在無論如何都想讓腦袋冷靜下來。

「但要是拖得太晚，會越來越不好回去……」

她必須和羅威爾好好談談。一旦在這裡久待，這樣的決心便會動搖。

「其實羅威爾從剛才開始就一直傳念話過來，吵死了。他要我們快把妳放回去。」

「咦？」

「他好像不准妳跟小少爺一起過夜喲。」

話一說完，沃爾大笑出聲。

「哎呀，羅威爾是忘記我們也在了嗎？」

看來羅威爾因為無法出手干涉雙女神的神境，於是不斷聯絡雙女神，要她們就算只讓艾倫回去也好。

即使跟他說這裡有人照顧她，他依舊聽不進去。

「明明直接跟艾倫說就好了，真是拿他沒辦法。不過如此一來，他也會改變了吧。」

「就是呀，明明已經那樣提出忠告了，他還是不能放孩子獨立。甚至第二胎都出生了，卻一點也沒變，就某個層面來說也是很厲害啦。」

「應該是因為她跟羅威爾一模一樣吧……這樣反倒是奧莉珍可能會過度保護，真是危險。」

雙女神雙雙嘆了口氣。一旁的艾倫聽了則一臉愧疚。

羅威爾過度保護的原因，毫無疑問出在艾倫身上。

儘管過去就已經過度保護了，再加上這幾年艾倫又好幾次逞強過頭而倒下。

在學院時，要是沒有亞克讓艾倫的靈魂回到身體，她或許已經死了。所以一旦她離開羅威爾的視線範圍，他便會更加不安。

而對艾倫來說，眼下賈迪爾就是這樣的存在。

一旦離開視線範圍，便不知道他何時會被殺，所以不由得想和他待在一起。

一想到這點，她又開始顧慮羅威爾了。

「那……那個……畢竟我也一直依賴爸爸……」

「意思是妳同樣非得學著獨立不可？」

「是這樣沒錯。呃……」

該怎麼解釋呢？

當艾倫思索著該怎麼說時，看穿她心思的沃爾伸出食指，溫柔地戳了戳她的臉頰，說著：「不行喲。」

「現在不可以對羅威爾太好。這對妳來說也是很重要的事，妳懂吧？」

「…………」

「放心吧，過上一天之後，他應該就會冷靜下來了。」

「好……」

之後，雙女神以念話告知奧莉珍，艾倫要住在雙女神的神境，奧莉珍則回答「慢慢玩喲」。艾倫這才鬆了口氣。

（媽媽真厲害……）

明明發生了那麼大的事，她卻完全不為所動。不過這種一如平常的態度對她來說倒是一種救贖。

（為了明天即將面對的事，我要重新提起幹勁……！）

艾倫拍了拍自己的雙頰打氣，激勵自己一定要好好和羅威爾談談。

＊

同一時間，精靈城內正大肆傳著感情融洽的羅威爾和艾倫竟然吵架的消息。

精靈們擔心氣羅威爾氣得離家出走的艾倫，因而前去確認事實，大白的真相卻引來更劇烈的混亂。

父女倆之所以吵架，是因為虐殺精靈的汀巴爾王族後代半精靈化了。知道這件事的精靈們全都震驚不已。

可說是仇人的人類後代為什麼會半精靈化了？為什麼女王會應允呢？

而同赴海格納的大精靈們說出賈迪爾淨化了同胞的靈魂，甚至為了保護艾倫而倒下的事實，結果只花上一天，消息就傳遍了整個精靈城。

第六十九話　接受祝福的兩人

結果正如沃爾所言，賈迪爾的眼睛經過一晚後就能正常看見東西了。

但他偶爾會不斷環視四周，大概是目光總會被新看見的事物給吸引吧。

回到精靈城時，雙女神也姑且以照顧者的身分一起回去。

艾倫鼓足氣勢，轉移到精靈城的水鏡之間。只見以奧莉珍和羅威爾為首，敏特宰相、奧絲圖和凡已經在那裡等待他們到來。

「艾倫！」

羅威爾大叫出聲，就要上前，艾倫卻狠狠地瞪著他。

「嗚……」

他頓時停下腳步，表情顯得傷心且畏怯。明明只過了一天，他卻徹底地變了。

羅威爾的眼角下有黑眼圈，大概是聽到艾倫要在神境過夜而夜不成眠吧。即使如此，艾倫依舊照著沃爾所說的，狠下心決定不能太縱容他。

「爸爸。」

「艾倫……那個……是爸爸不好。妳回來吧？」

「爸爸。」

「……我在。」

「即使懷抱再多憤怒，都不可以殺人。」

「是……」

「賈迪爾可是汀巴爾的王族，也請你為會受到這件事影響的凡克萊福特領的大家想想。」

「是……」

艾倫面無表情地看著羅威爾。旁人見狀都退避三舍。

「被怒氣沖昏頭，想殺死賈迪爾的爸爸……」

聽到她的語調越來越低沉，羅威爾不禁一臉鐵青。

「我最——討厭了！」

從拉長的「最」字能聽出艾倫認真的程度。

羅威爾的臉色隨即刷白，身體左右搖擺，感覺隨時都會暈倒。

「呀~！羅威爾！」

奧莉珍急忙抱住羅威爾。儘管昨晚沒睡應該也是身體搖晃的理由之一，但也未免太孱弱了。

「艾倫，如果妳是擔心小少爺，那已經沒問題嘍。」

「……為什麼媽媽能這麼斷定？」

「因為他的事傳開了。妳離家處走而造成大騷動，精靈們都想知道真相。」

「離……離家出走？什麼時候變成這樣……」

「因為～雖然羅威爾惹妳生氣是常有的事，你們卻從來沒有對立過呀。精靈們都覺得一定是羅威爾做了什麼惹妳生氣，於是跑來問我們……然後小少爺的事就馬上傳開了～」

奧莉珍看著奧絲圖，如此說著。

「啊～抱歉，我喝醉就說溜嘴了！」

啊哈哈哈哈——奧絲圖笑道。不過對精靈而言，汀巴爾王族的後代半精靈化著實是件不得了的大事。

敏特以銳利的目光看著賈迪爾，詢問：

「就是你救了大小姐嗎？」

「……是的。我叫賈迪爾．拉爾．汀巴爾。」

賈迪爾在自我介紹後低頭致意。

敏特上前一步，持續望向賈迪爾。他眯起眼睛，低喃：「沒有被詛咒……」隨即看到賈迪爾的眼睛而大為驚訝。

「你的眼睛……你跟大小姐締結契約了嗎？」

敏特以仍舊難以置信的眼神看著賈迪爾。凡似乎也是，直盯著賈迪爾瞧。

「哦，那你要跟公主結婚了？」

奧絲圖若無其事地這麼說。

現場因為這句話而登時陷入一片寂靜。

「爸爸我不准啊啊啊啊啊啊啊啊！」

下一秒，羅威爾的吼叫便響徹周遭。

「我不行！我不要！絕對！不行！」

聽到羅威爾一字一句區隔開來不斷強調，艾倫等人都傻了眼。

「真是的，被求婚的人又不是你。」

奧莉珍一邊嘆氣，一邊糾正羅威爾，卻惹得他更厭惡了。

「我、不、要——！我才不要跟那傢伙當一家人！我好不容易才解脫耶！怎麼能讓艾倫跟他結婚——！那傢伙絕對會是個討人厭的岳丈！」

「你也半斤八兩吧？」

所有人都默默同意奧莉珍這句吐槽。看來羅威爾過去的心理陰影又復甦了。他就是如此厭惡拉比西耶爾。

艾倫聽到羅威爾這麼吶喊，無奈地說：

「為什麼會馬上扯到結婚啊？」

賈迪爾確實告白，自己也同意交往了。然而因為轉生前的常識從中作梗，艾倫並不明白交往其實就等於結婚。

但人界是貴族社會，況且艾倫也是統治精靈界的女王之女。

在這個世界，貴族們理所當然擁有訂婚對象，因此沒有婚約關係的「交往」幾乎不存在。

聽到艾倫這句話，旁人震驚的對象現在換成她了。

「……我還以為艾倫同意了。」

賈迪爾大受打擊。艾倫卻歪著頭提出疑問。

（我有……答應結婚嗎？）

「艾倫、艾倫，妳答應小少爺的告白了吧？」

沃爾前來向艾倫確認。艾倫紅著臉點了點頭。

「咦！對……對啊……」

見艾倫這副模樣，華爾低喃：「不會吧……」

「艾倫，小少爺是人類的貴族喲。交往……應該說在交往前，訂下婚約是很正常的事呢。」

「咦？」

「人界貴族的交往不都是以結婚為前提的嗎？尤其女性如果不這樣，就是件醜聞喲。」

「…………」

說到這裡，眾人才知道艾倫的認知有多大的偏差。

（陪伴在身旁還有攜手共進是這個意思————！）

人類的王族和艾倫這個精靈王族。說到底，兩人本來就不可能不定婚約便交往。

況且艾倫也親自對羅威爾他們說過，她會和賈迪爾一起走下去，換言之等於是自己宣布要和賈迪爾結婚。

「艾倫！我應該已經說過我愛妳了耶！」

「對、對不起……我不知道啊。」

「什麼！可、可是妳接受我的感情了吧？啊，我懂了，因為妳是精靈，跟人類的習慣不一樣嗎……那我再直接說一次。」

賈迪爾立刻接受了這點，認為或許精靈和人類的常識不同，因此急切地要向艾倫求婚。

「給我等一下——！」

羅威爾蓋過賈迪爾的話聲，發出「呵呵呵」的邪笑，對著他大喊：

「我不會讓女兒跟你結婚！」

儘管羅威爾嚴正指著賈迪爾，賈迪爾卻無視他，對艾倫單膝跪地，並牽起她的手，再次說出自己的心意。

「艾倫，請妳和我……」

「聽我說話啊——！再說！你是汀巴爾的王太子吧！明明就有未婚妻了，少靠近艾倫！」

聽到羅威爾的這句話，艾倫整個人定格不動。

「未……婚……妻……？賈迪爾，你有未婚妻嗎……？」

她身邊頓時迸現火花。旁人見狀都驚覺不妙，心慌不已。然而最心慌的莫過於賈迪爾。

「沒、沒有喔！因為我從遇見妳開始就一直喜歡妳……！」

「少胡扯——！連我都在十歲時不由分說地被逼著和那個女人訂婚了！他絕對有一、兩個未婚妻吧！倘若算上候補，少說也有五個人！因為這小子可是一國的王子啊！」

羅威爾這番話的確言之有理。賈迪爾已經成年，又分明是王太子，沒有未婚妻反倒比較奇怪。

「賈迪爾……你明明有未婚妻了……」

「不對！艾倫，妳聽我說！要去向陛下求證也行！我對女神發誓，我沒有未婚妻！」

眼見三人已經聽不進別人說的話，奧莉珍等人只是「哎呀哎呀」地感嘆著，靜觀情況會如何發展。

「他們是不是忘記我們都在啦……」

「如果小少爺有未婚妻，我可是會定他的罪喲。」

「他們好像聽不見了耶……」

羅威爾和賈迪爾僵持不下地辯駁著，艾倫則大受打擊，已經聽不見賈迪爾的聲音，卻仍默默氣得發抖，身旁四散著火花。

奧莉珍見狀嘆了口氣，心頭大石卻也跟著放下。

「因為艾倫不太有自覺，我本來還擔心她只是順勢答應小少爺的。原來當她知道小少爺或許有其他女人時會氣成這樣呀。」

面對女兒令人欣慰的模樣，奧莉珍興奮地哇哇叫。

「誰教大小姐的未婚夫候選人全被羅威爾大人擊潰了嘛。儘管他是那個王族的後代這點確實是個爭端，不過既然他淨化了同胞的靈魂，遲早……會獲得認可吧……」

敏特瞇起眼睛，重新調整了眼鏡。他的最後一句話很小聲，看來他現在還是很不想承認賈迪爾。

其實羅威爾已經阻撓過好幾次艾倫和凡的婚約，敏特因此更不能原諒賈迪爾。

奧絲圖看著羅威爾他們，抓了抓後腦杓。

「原來還沒到那個地步啊？我想說他們會結婚，已經到處宣傳了。」

「母親，請妳暫時控制一下飲酒量。」

「才不要咧。」

因為艾倫那麼說，旁人也都以為他們會結婚。

而且精靈們聽到她說完那句話後還直接過夜，會以為他們要搞出既成事實也實在無可厚非。

所以羅威爾才會短短一天就憔悴至此，但艾倫看來是不會知道了。

由於受夠了和賈迪爾這樣互不相讓，羅威爾高聲大吼：

「不然就去問那傢伙吧！反正他一定趁你不知道的時候塞了十個未婚妻給你了！」

「為什麼人數一直增加啊？都說我沒有半個未婚妻了！我還想請您務必去詢問陛下！」

雙方誰也不讓誰，兩人之間可說是火光四射。

明明是為了好好談談才回到精靈城的，那份決心上哪兒去了呢？雙女神面面相覷，隨即聳了聳肩。

「這就過去找那傢伙吧！」

羅威爾抓著艾倫和賈迪爾的手，進行轉移。說走就走，看來他是真的很不想讓艾倫結婚。

奧莉珍等人目送消失的三人，不由目瞪口呆。

「哎呀哎呀……」

「羅威爾還真心急呢。」

當她們彼此交談之際，沃爾的肩膀突然抽動，接著突然發出大笑。

「天哪——！這是怎樣——！啊哈哈哈哈！」

「哎呀，怎麼啦？」

「有羅威爾的好戲可看了！我們直接去現場吧！」

沃爾說完便抓著華爾的手轉移，看來是往汀巴爾城去了。

她想必是洞悉接下來即將發生的事才會大笑吧。

奧莉珍也和奧絲圖等人面面相覷。

「好像很好玩，我也要去！」

看到奧絲圖欣喜雀躍地轉移，凡忍不住嘆了口氣。

「母親……」

「既然奧絲圖要去，我也要去！」

敏特等人說完也跟著轉移。

奧莉珍被留在原地，晚了一拍才叫道：

「討～～厭！我也要去～～～～！」

因為這點理由，女神和大精靈們就這麼不請自去在汀巴爾的拉比西耶爾身邊了。

*

拉比西耶爾看著接二連三轉移現身在勤務室的面孔，停下正在簽字的手。

一臉傲慢的羅威爾、鬧著彆扭的艾倫，以及許久未見的賈迪爾就在自己眼前。

看到賈迪爾平安無事，拉比西耶爾鬆了口氣，卻也只有一瞬間。他馬上蹙起眉頭，朝羅威爾開口：

「……你就不能在來之前先說一聲嗎？」

「那可真是不好意思，因為我有急事！」

「大哥……？」

「原來索沃爾也在啊！正好，你來當證人！」

「證人？先、先別說這個，賈迪爾殿下！您平安無事嗎！」

索沃爾就在拉比西耶爾身旁。

其實他正好從凱那邊接到凡的通知，說賈迪爾已經半精靈化並醒來了，所以要向拉比西耶爾報告。

羅威爾卻抓準這個「正好」，硬是要在場的索沃爾當證人。

「我回來了。」

「免禮。比我想的還快啊。」

賈迪爾端正姿勢，對拉比西耶爾低頭致意。

看著賈迪爾抬頭，拉比西耶爾瞇起了眼睛。索沃爾同樣發現異樣，發出「啊」的一聲。

「殿下，您的眼睛……」

「噢……那個……好看嗎？」

訝異的索沃爾猛然看向有些害羞的賈迪爾身邊的艾倫。

他輪流看著艾倫和賈迪爾，眼睛因為驚訝而越瞪越大。賈迪爾的眼睛原本是相當深邃的藍色，現在卻與艾倫同色。

「哦？所以眾人全都跑來，究竟所為何事？是替你回國送行嗎？」

光憑這一點點不同，拉比西耶爾似乎就發現了什麼，還不忘以輕佻的口氣問道。

這段時間，雙女神和大精靈接踵轉移而至，本該寬敞的室內瞬間變得擁擠。

索沃爾和晚一步入內的護衛們看著飄浮在半空中的雙女神和大精靈，紛紛愣在原地。

「我們來此是為了向陛下確認一件事。」

「什麼事？」

見賈迪爾一臉認真，拉比西耶爾卻顯得不解。羅威爾則緊接在賈迪爾之後大吼：

「殿下有未婚妻，對吧？」

「……？」

沒頭沒腦地在說些什麼啊——索沃爾臉上寫著這句話。但一旁的拉比西耶爾望見艾倫那副鬧彆扭的模樣，便大概猜到事情原委了。

「你們稍等。」

看到拉比西耶爾想緩兵的態度，羅威爾湊到賈迪爾面前。

「看吧！果然有嘛！」

「才、才沒有！陛下只說了稍等，不是嗎！」

「他只是想去拿證據，證明你有未婚妻吧！」

「…………」

艾倫直擺臭臉鬧彆扭，已經連看都不看賈迪爾了。

賈迪爾察覺艾倫的態度，大叫著「艾倫，妳聽我說！」並靠近她，卻被羅威爾以一聲「不要靠近我女兒！」阻止。

拉比西耶爾簡潔地命令近衛「叫書記過來」，他們便急忙帶著一個人前來。拉比西耶爾接著要求對方記錄接下來發生的事。

「遵、遵命！」

「羅威爾，你要找索沃爾當證人嗎？」

「那當然。」

「請你們先等一下，到底要我當什麼證人啊？」

「嗯……跟羅威爾相比，索沃爾比較適合吧……也好。反正女王也在場，請您務必擔任證人。」

「哎呀。」

「我們也當你的證人吧。」

「也對，好呀。」

看到和奧莉珍長相相似的兩名女性，拉比西耶爾立刻明白她們是雙女神。

「那可真是可靠。」

拉比西耶爾勾起嘴角的弧線。沃爾則始終忍著笑意。

索沃爾和護衛們都搞不懂接下來到底要做什麼。書記匆匆忙忙攤開魔法書，並在握好筆後宣布：「開始記錄。」

伴隨著這句話，魔法書亮了起來。

「好了，羅威爾。關於問題的回答……」

「反正加上候選人，一定有一馬車那麼多吧？實在教人受不了耶！」

「賈迪爾沒有未婚妻。」

「都有未婚妻了，還敢追求小女…………啊？」

「沒有未婚妻喔。」

「…………啥！」

「的確是有過候選人，但當時已經全數拒絕了。」

「等、等一下！他可是王太子耶！總會有吧！」

羅威爾甚至忘記恭敬的措詞，直接上前和拉比西耶爾對質。索沃爾於是大喊了一聲：

「大哥！」並從後方架住羅威爾的雙臂，阻止了他。

「因為我聽說你有女兒啊，於是全部取消了。」

見拉比西耶爾笑得燦爛，羅威爾的臉部肌肉都痙攣了。

拉比西耶爾確實曾經把艾莉雅的所作所為當成交涉籌碼，以相親為名，逼迫艾倫前來王城。

碰巧當時王室詛咒察覺艾倫的存在，引發向她索求救贖的意外才作罷。不過那確實是個相親場合。

「艾倫，妳聽到了嗎？我沒有未婚妻喔。看到妳的瞬間，我的眼裡就只有妳一個人。我無法徹底對妳死心，所以拜託陛下，請他等我整理好心情再談婚事，這段期間有人提親也全都拒絕了。」

賈迪爾單膝跪地，牽起艾倫的雙手，仰望她說道。

原本低著頭的艾倫戰戰兢兢地看向賈迪爾。

「所以嘍？我希望妳能放心地接受我的心意。我的心從以前開始就只裝滿妳一個人喔，完全沒有容納別人的空間。」

「……真的嗎？」

「真的喔，我一直都好喜歡妳，我愛妳。我的這份心意毫無虛假，希望未來可以一直、一直待在妳身邊。請妳和我結婚。」

「…………」

看到賈迪爾真摯請求，艾倫迷惘的眼神這才正對著他，然後點了點頭。

「我就是證人，見證了此事。記錄下來。」

「是、是是是是的！」

「慢著慢這慢著——！爸爸都說不准了吧——！」

「大哥！請你冷靜點！」

「索沃爾，你、放、手——！」

當索沃爾架著羅威爾的手，阻止他暴亂之際，賈迪爾開心地抱緊艾倫。

「艾倫，謝謝妳！」

艾倫的臉慢慢漲紅。

大概是因為在人前吧，覺得很害羞的她不斷磨蹭賈迪爾，似乎是想乾脆鑽進他的胸口。

賈迪爾覺得她這樣實在很可愛。

「艾倫已經同意了。我就是證人喲。」

隨著奧莉珍這句話，寫好的魔法書也發出光芒，文字閃爍著光輝，從書中浮起。

接著只有那串文字「咻」的一聲，飛往華爾手中。

「我收下了。」

「沒錯，婚約成立。艾倫，恭喜妳嘍。」

聽到沃爾和華爾這席話，羅威爾發出不成聲的吶喊。

「～～～噫！」

看到這樣的羅威爾，拉比西耶爾笑道：

「呵……真沒想到你會提出這樣的請求。」

「啥？」

「沒想到能一口氣獲得我的認可、凡克萊福特家當家的認可，以及雙女神的認可。這可真是難得一見。」

「！」

因為拉比西耶爾這句話，羅威爾的腦袋變得一片空白。他現在總算發現自己做了什麼。

「什、什、什…………」

「賈迪爾，我也實在沒想到你會在我面前做出這種事……幹得好。」

儘管有些傻眼，拉比西耶爾依舊給予祝福。賈迪爾聽了也開心地回答：

「是！」

「你說要陪伴艾倫，這話沒有半分虛假吧？」

「沒有。我已經成了半精靈，這雙眼睛……也看得見王室的詛咒。」

「我知道了。從現在開始，拉蘇耶爾就是王太子。近衛，去叫拉蘇耶爾過來。書記，在原地等著。」

「是、是是是是的！」

書記不斷顫抖，手中的魔法書對雙女神有了反應，持續發出光芒。

大概是實際看到書寫的文字在發光後飛往雙女神手中，他才發現飄浮在半空中的女性就是雙女神吧。

書記雙眼圓睜，與她們四目相交。華爾和沃爾則眨眼送出秋波。

羅威爾無力倒地。

奧莉珍見狀尖叫出聲。雙女神、奧絲圖，以及拉比西耶爾卻大笑不止。

這一天，汀巴爾國大大傳出第一王子賈迪爾入贅精靈公主家的消息，拉蘇耶爾就這麼成了王太子。

尾聲

汀巴爾王室的王太子賈迪爾，與精靈界的公主艾倫訂婚的消息大肆傳開後，造成了不小的騷動。

但那是人界。

「我可還沒接受啊……」

他從艾倫還小時就一直提親，也一直被拒絕。

現在卻被突然冒出的人——而且還是受詛咒一族的人類男性搶走，他簡直滿肚子火。

「這跟獲得女王和雙女神認可無關。看我毀了這樁婚姻。」

男人不懷好意地笑著，並調整臉上的眼鏡說道。

後記

非常感謝大家購買第八集。

網路版已經完結了。但其實有件事情要公布。

沒想到，本系列決定要出滿第九集了～～！（太好啦～！）

因為尾聲寫得好像有事要發生，我想應該有讀者已經發現了吧？

我能走到這一步，都是多虧各位讀者支持。真的非常謝謝大家！

當我拿到keepout老師為了這集畫的插圖瞬間，實在是無比感動。

看到扉頁插圖的反面時，我頓時感覺到自己完成了一個里程碑，這樣的感受與喜悅之情相互交雜，讓我愣在原地好一陣子。

不對，還有第九集啊！我會重新鼓足幹勁，一直衝刺到最後一刻。

下一集完全是加筆劇情，所以或許會稍微間隔久一點才出版，但還請各位繼續支持！

對了，我原本很猶豫提茲要設定成賓士貓還是鯖魚虎斑貓。他擬人化後的髮色是茶色，所以原本橘虎斑也在候補選項中，但總覺得跟想像中不一樣……

羅雷（黑）和艾雷（白）要設定成斑點虎斑貓嗎？不行，如此一來就會跟凡重複！我有段時間一直翻閱跟貓有關的文章。

黑虎斑也會混著黑、白、橘色，所以我最後決定用黑虎斑。

在寫羅雷和艾雷的時候，為了了解貓的行為舉止，我甚至一直瀏覽影片，結果回過神來已經買了貓咪商品，只能當作無可奈何了。

承續上一集，這此也購買了本作的人們、在網路上替我加油的各位。

給了我諸多照顧的責編K大人、M大人、校對大人、封面設計大人，以及業務I大人。

感謝keepout老師在百忙之中，總是給我很棒的插圖。

負責漫畫化的大堀ユタカ老師，還有SQUARE ENIX的責編W大人。

支持、鼓勵著我的朋友們、哥哥姊姊們、親戚們，平時謝謝你們了！

我打從心底希望我們下一集還能再相見。謝謝大家！

國家圖書館出版品預行編目資料

轉生後的我成了英雄爸爸和精靈媽媽的女兒 /
松浦作；楊采儒譯. -- 初版. -- 臺北市：臺灣角
川股份有限公司, 2023.05-
　冊；　公分. -- (Kadokawa fantastic novels)
譯自：父は英雄、母は精霊、娘の私は　生
者。
ISBN 978-626-352-528-3(第8冊：平裝)

861.57　　　　　　　　　　　112003766

Kadokawa
Fantastic
Novels

轉生後的我成了英雄爸爸和精靈媽媽的女兒 8

（原著名：父は英雄、母は精霊、娘の私は転生者。8）

2023年5月10日　初版第1刷發行

作　者：松浦
插　畫：keepout
譯　者：楊采儒

發行人：岩崎剛人
總編輯：蔡佩芬
編　輯：邱瓈萱
美術設計：宋芳茹
印　務：李明修（主任）、張加恩（主任）、張凱棋

發行所：台灣角川股份有限公司
地　址：104台北市中山區松江路223號3樓
電　話：（02）2515-3000
傳　真：（02）2515-0033
網　址：www.kadokawa.com.tw
劃撥帳戶：台灣角川股份有限公司
劃撥帳號：19487412
法律顧問：有澤法律事務所
製　版：尚騰印刷事業有限公司
ISBN：978-626-352-528-3

※版權所有，未經許可，不許轉載。
※本書如有破損、裝訂錯誤，請持購買憑證回原購買處或連同憑證寄回出版社更換。

CHICHI WA EIYU, HAHA WA SEIREI, MUSUME NO WATASHI WA TENSEISHA. Vol.8
©Matsuura, keepout 2021
First published in Japan in 2021 by KADOKAWA CORPORATION, Tokyo.
Complex Chinese translation rights arranged with KADOKAWA CORPORATION, Tokyo.

Kadokawa Fantastic Novels